GIVER

復讐の贈与者

日野 草

角川文庫
19917

GIVER
復讐の贈与者

目次

00 シークエル

パソコンを閉じて、車ィスの少女は呟《つぶや》いた。

「――おもしろかった」

待ちに待った休日を心ゆくまで楽しんだ。そんな口調だった。少女は背もたれに寄り掛かり、深く息を吐いて天井を仰いだ。

今回のケースも、とても興味深かった。業務報告として届く映像を見るたびに、本当にこの会社を創って良かったと思う。

満足して息を吐いたとき、頬に風が触れた。湿り気を帯びた風だった。

大きく開け放たれた窓辺にカーテンが躍っている。少女は車ィスを動かした。電動式のタイヤが絨毯《じゅうたん》のうえを進み、ひるがえるカーテンを避けて窓に近づいた。その向こうは、悠々と枝を伸ばす木と緑の下生えが続く森が広がっている。日差しがあれば鮮やかな新緑が目に眩《まぶ》しいだろうが、今日はあいにくの曇り空だ。

大樹の後ろ側、野ばらの茂みの隙間に、人影がある。

痩《や》せた長身の青年だ。茶色い髪が頬にかかっている。彼は胸に花束を抱いていた。森の緑によく合う、紫と白の花だった。少女はその花をきれいだとは思ったが、花の名前は知らなかった。

少女は空を見上げた。

濁った雲が垂れこめている。

「ねえ」あまり大きな声は出せなかったが、青年には届いたようだ。こちらを見る。長い前髪の隙間にある目は、溶けない氷のように静かだった。「雨が降ってきそうよ」

少女が言ったとたん、最初の一滴が空から降ってきた。

06
ショット

柄《つか》を閉じたバタフライ・ナイフを振り上げたそのとき、金属を叩《たた》く音が聞こえてきた。

高藤司《たかとうつかさ》は息を止めた。雑居ビルの廊下の粗末なトタン屋根を、降り続く雨が打っている。けれど、近づいてくるのはその音ではない。足音だ。背後の階段を、誰かが上ってくる。

息を止めて手首を下ろした。が、ナイフを隠すよりも早く、階段を上ってきた男が高藤に気付いた。

「あ……？」

鉄製の階段の最上段に足を置いたまま、男は上擦った声をあげた。高藤は、今まさに打ち破ろうとしていたガラス扉に映る男と目を合わせていた。若い男だ。顔立ちははっきりとはわからない。黒縁の野暮な眼鏡のせいかもしれない。だがレンズの奥の目は、道端でライオンを見つけたかのように歪《ゆが》んでいた。

そんな表情をされるのも無理はないと、高藤はガラス扉の奥に焦点を合わせながら考えた。ガラス扉には、赤いテープで形作った「ホラー＆サスペンス　中古ＤＶＤ専門店」の文字。狭く暗い店内にはびっしりとＤＶＤが詰まった棚が並んでいる。店の前に立つ高藤はスーツ姿だ。こんな店に来る客としては、異質なのだろう。

階段を上ってきた男の姿は高藤とは対照的だった。履き古したスニーカーにサイズが合っていないジーンズ、痩せた体にぶらさがるよれよれのシャツ。髪は伸び気味で、脂っぽい前髪が目元まで垂れている。男がこちらを見る目には、あきらかな怯《おび》えが浮かんでいた。自分よりも上の背景を持つ人間と出会ったときの、劣等意識を抱え込んだ社会的弱者の反応だと、高藤には一瞬で察しがついた。男は高藤のいでたちに目を奪われている。手元のナイフには気付いていない。高藤が男に背を向けているからだが、たとえ堂々と正面を向いたとしても、男はナイフではなくネクタイを注視していただろう。

高藤は一瞬、目を瞑《つむ》った。不自然にならない程度の、少しだけ長い瞬きのような瞑目《めいもく》だった。そうしながら考えた。この先の行動を。目的を遂げるために、今すべきことを考える。精緻《せいち》なシナリオが構築され、高藤の脳内に広がった。

「ああ、どうも。……こんばんは」

静かに振り返る。わざと声を震わせ、普段ならばしないようなぎこちない動作で会釈をした。

引きずられるように、若い男も頭を下げる。視線が完全に自分から外れた瞬間、高藤はバタフライ・ナイフを上衣のポケットに入れた。

「すみませんけど、この店って」

媚《こ》びを混ぜた口調を作る。顔には笑みを貼り付けた。

「ああ、夜六時開店なんで」若い男は慌てたように飛んできた。降り続く雨がトタン屋根のヒビ割れから滴ってできた水溜《みずた》まりを踏み散らす。スニーカーが濡れることさえ気にしないその様子は、若い男が自身のアイテムに無頓着《むとんちゃく》であることと、高藤を畏《おそ》れていることの、両方を表していた。「すみません、い、今開けます」声もぶれていた。

若い男は高藤がさっきまで叩き割ろうとしていたガラス扉の前に屈《かが》み、鍵《かぎ》を取り出している。

体を横にずらしながら、高藤は息を吐いた。空いた両手をポケットに挿しこむ。

右手はナイフの柄に触れ、左手は、ここに来るまでに濡《ぬ》れてよじれた封筒に触れた。

……早い者勝ちです……。

声が聞こえた気がして、高藤は奥歯を噛《か》みしめた。実際に会ったことのない女なのに、その声は生々しく、しかも、鼓膜の内側から響いた。

……急がないと、誰か他の人が手に入れるかもしれませんよ……。

照明が点灯される。白い光が合板の棚とそこに詰め込まれたDVDケースの背中を照らしだした。埃《ほこり》の臭いに混じって、なんだか妙な臭いもする。ここに出入りする客の体臭が、そこらじゅうに染みこんでいるのかもしれない。高藤は男に続いて店の硬い絨毯の床を踏みながら、大人ひとりぶんの幅しかない通路が二列だけ並んだ狭い店内に視線を配った。

DVDはどれも初見のタイトルで、中には鼻で笑う以外にない文字並びのものもある。『ゾンビ』あたりは定番としても、『死霊の盆踊り』だの『変態村』だのは一体どういう感性でつけたものなのだろう。こんなものに金を払う連中がいるということが信じられない。今は誰もいない店内のあちこちに、趣味の世界に没頭して生きる連中のまるまった背中が見える気がして、高藤はそっと拳《こぶし》を握りしめた。

男は、奥のレジのうしろへ回り、緑色のエプロンを着けている。そうしながらこちらを窺《うかが》っていたのだが、高藤と目が合うと慌てたように眼鏡の奥で目を伏せた。せめてものおしゃれのつもりなのか、男の眼鏡の黒縁には小さな銀色のスタッズがついている。男の内向きな態度と、光を撥《は》ね返すスタッズの鋭い輝きの落差が滑稽《こっけい》だった。

明るい光の下に来た男の膚《はだ》は意外にもなめらかだった。だが鏡の前に並ぶまでもなく、男は高藤よりも老《ふ》けて見える。背はまるまり、眼鏡の奥の目にも生気がない。誰かと戦う意志など持ち合わせておらず、与えられた場所で日々を過ごすことしか考えていないに違いない。高藤にとって、それは競争社会の落伍者《らくごしゃ》を意味していた。

高藤の心臓の内側で、小さな感情の火花が散った。虫を踏み潰《つぶ》す快感とおなじ種類の感覚だった。こいつとおれの人生はなんて違うのだろう。日本人ならば小学生でも名前を知っている有名企業の、それも本社に籍を置き、ランニングとダーツと健康維持が趣味の友人とつきあい、化粧とファッションと出会いの場に貪欲《どんよく》な女との触れ合いを楽しむおれと、今にも倒れそうな雑居ビルの一室で毎日を過ごすこの男と。哀れみを通り越して怒りを感じた。どれほど人生を手抜きすれば、そんな突端に立つことになるのだろうか。

「あなたが店長さんですか？」

あんたが店長か？　と上から目線で訊《き》きたいところだが、口調を装わなければならない。

「いいえ」分厚いレンズの奥の目は伏せられたままだ。緊張はしているが、完全に顔を背けるには好奇心がそれを許さない。彼にとってスーツ姿の会社員は、目を合わせてはいけないが見ないでいるのはもったいない、希少な猛獣のようなものなのかもしれない。

「ただのバイトです」男の口元が歪んだ。自分なんかが店長だなんて、と自嘲《じちょう》している様を相手に見せることで、自らの弱さを誇示し、攻撃しないでくださいと両手をあげている。そんな表情に見える。

高藤はこみあげてきた溜息《ためいき》を静かに散らした。こんな負け犬相手に交渉しなければならないのかと思うと気が滅入《めい》る。あと一時間早くここに来て、ガラス扉を割れば良かったと思った。犯罪を犯し逃亡するほうが、まだしも心が軽くて済んだかもしれない。

「お客さんは、何かお探しですか？」

微妙に目を伏せたまま、男が言った。

高藤はそっと唇を引き結んだ。

「ええ。そうなんです。いろいろと見せてもらいたくて。この店にならあると聞いて」何が、とは言わなかった。

レンズの奥の男の目が、これまでいちばん長く高藤を見つめた。

「うちに来るのは初めてですか？」

どことなく、声に安堵《あんど》が混じっていた。

「ええ。初めてです」

「そうですか」男も応《こた》えて、口元に浮かべた笑みを顔の両端へ広げた。「このへんの棚なんかいかがです？」男は高藤の左側の棚を指した。黄ばんだポップに乱暴な手書きの文字で「レアもの！」と書いてある。「そこにあるのはイギリスのドラマ『トーチウッド』のパイロット版。ただしコピーのコピーだから画像は粗いですけどね。古いのがお好きなら下段の端のもおすすめ。一九七一年のスペイン映画『エル・ゾンビ』。日本では劇場未公開だけど、これはビデオ版をコピーしたもの。サブタイトルが『落武者のえじき』だなんて、キャッチーですよね」男の口調は徐々に速くなっていく。なんとも厄介なことに、酔ったような響きも加わり始めた。

「それじゃなくて」高藤は少しだけ声を大きくした。男の話に付き合って懐柔してもいいが、今は時間が惜しい。……夜九時がリミット……。幻の女の囁《ささや》きが、ふたたび脳をくすぐった。

男は高藤を、さっきよりもさらに一秒か二秒、長く見つめた。探っている眼差しだった。高藤は咄嗟《とっさ》に笑みを作り、心の内側を読まれることを阻止しようとした。もっとも男の眼差しは、いちども日差しを浴びたことがない植物のように弱々しく、ただ高藤の機嫌を伺っただけのように見えたが。

「いや、それじゃなくて。おれが欲しいのは、もうちょっとこう、……」わざと溜めを作る。「いけないやつなんだ」

男は瞬きをした。首の角度が変わり、レンズの反射で目の表情が見えなくなる。

「ああ、あれですか。お客さん、どこで聞いて来たんですか」高藤はほっと息を吐いた。

「盗撮版でしょ」

落伍者の頰を殴ってやりたくなったが、かろうじて堪《こら》えた。

男はレジ横の棚を指し、

「現在公開中の劇場撮りのやつなら、このへんに揃ってます。扱いに気を付けてくださいね。何をお求めですか？」

「いや、それでもない」男がふたたび高藤を見た。口を半分開け、驚きと疑問と、少しの怯えが、目の中で躍っていた。「実はおれは、なんというか、相当いろいろ観てるんだ。わかるか？」

「あー……」どちらとも取れない声だ。

「おれが探してるのは、もっと、こう、やばいやつなんだ。盗撮よりも」男は半開きの口のまま頷《うなず》いた。顎《あご》を打って口を閉じさせたい衝動と戦いながら、高藤は続けた。「普通の刺激じゃ物足りない。わかるだろ、つまり」

男は人差し指を銀色のスタッズの横に立てた。テレビのCMでしか見たことがないような、気取った仕草だった。

「本物じゃないと、物足りない。そういうことですか？」

「そうだ。本物――、それだ」

「そうですか」男は顎を引き、足元を見た。「そういう方向けの商品は確かに、あるにはありますけども」

「じゃあ、それを」

「会員様でないと、商品をお見せできないんですよ」

「……会員？」

「そうなんです。うちもあれですよ、やばいから。身分証を見せていただいて、一週間ほどお時間をいただいてですね、そのうえで会員証をおつくりするという流れでして」

冗談ではない。一週間どころか、あと三時間もないのに。

口の中に唾《つば》が湧いてくる。唾液《だえき》の池に舌を沈ませながら、高藤は目を瞑《つむ》った。一瞬で、言葉を組み上げる。

「それは困る。ここまで来るのもやっとだったのに」

感情をこめて発音した。

口は閉じているが、レンズ越しの濁った目に好奇心の雫《しずく》が垂れていた。

もう一押しだ。そう思って高藤は続けた。

「おれは結婚してるんだ。嫁には内緒なんだ。嫁はいろいろうるさい女で、こういう」腕をわずかに広げて、周囲の棚を示した。「――ものが好きだということを、認めてくれない。でも、わかるだろ。好きなものは好きだ。抑えられないよな」

「ですよね」男は体を正面に向けた。「女って男の趣味を理解しないし、下手したら勝手に捨てますもんね。あのコピペみたいに。ほら、あの、鉄のやつ」

急に話に食いついて来た。口調はいっそう速く、聞き取るのもやっとだ。

コピペだの鉄だのと言われても、高藤には理解できない。それどころか実際は独身である。

「ああ、あれは、ひどいな」

「ひどいですよ」男は自分自身が受けた仕打ちを語るように、深々と頷いた。「旦那《だんな》の鉄道模型を勝手に捨てるなんて。そりゃ旦那が口をきかなくなりますよ。女ってほんとゴミっすよね」

本物の女と話したことがあるのか？　思わず訊きそうになって、こみあげてきた嘲笑と共に奥歯で噛《か》み潰した。とにかく食いついて来たのなら、ここでうまく転がさなければならない。高藤も男に合わせて口調を速くした。

「だから、わかるだろ。こっそりとやらなきゃならないんだ。個人情報を登録して、万が一にも電話などされたら困るんだ」

「安心してください、うちは個人情報の管理、ちゃんとやりますんで」

「それよりも、ここに来ることのほうが大変なんだ」いいから言うとおりにしろ。高藤は念じた。「うちの嫁は時間に厳しくて。会社を出るときには、必ず何時に帰るか電話をしなくちゃいけない。少しでも遅れると、あとでしつこく追及される。今日はたまま来られたけど、たぶんもうここまでは来られない」

「えー……」男は顎を掻《か》いた。「つまり、会員にならずに買い物したい、ということですか」

「そうなんだ」

「いやあ、それは……」

「誤魔化せない？」

「まあ、できますけど。レジの金が合ってりゃそれでいいんだし」

「だったら」

「いや、でも」首を捻《ひね》る。どうして同じような言葉を繰り返すんだと、熱い憤りがこみあげてきた。「バレたら俺、やばいっすよ。クビですよ」

そうだろうな。だがどうでもいい。おまえに待ち受ける未来など、遅かれ早かれ路頭に迷うことでしかないだろうが。

飛び出しかけた本音を、高藤は作り立ての台詞《せりふ》と入れ替えた。

「大変なことを頼んでいるのはわかってる」スーツの胸ポケットから、財布を取り出した。黒一色だが、エルメスだ。男は中世の田舎娘が生まれて初めて宝石を見たときのような顔をした。それが宝石であると認識できてはいないが、とりあえずきれいで高級そうだと驚いている。高藤は財布から、日本国の最高額紙幣を抜き取った。「せめてもの気持ちだ」

一枚である。自分ならば鼻で笑う。一回呑《の》みに行ったら終わりじゃないか。

だが男は、息を詰めながら差し出された紙幣を両手で受け取った。

「あー……」口元に、隠しきれない笑みが滲《にじ》んでいる。「いいのかな。どうも」

男は紙幣をきれいに折り畳み、ジーンズのポケットの奥に沈めた。

男は高藤に背を向けて、レジのうしろのドアに手をかけた。すぐにノブを回さないのは、男の中に残ったためらいのせいかもしれない。高藤は舌打ちを堪えた。さっさとしろよと言いたい気持ちを紛らすために、男のまるまった背中に侮蔑《ぶべつ》を込めた視線を投げかけた。内側に縮まるその姿勢は、まるで自分のなかにある都合の良い楽園に逃げ込もうと、飽くなき努力を続けているように見えた。

こいつはこのたった一枚の紙幣を、毎月の給料に上乗せするにはどうしたらいいのか、そ考えたこともないに違いない。ろくに整えられたこともない髪の奥にある脳みそは、そのシナプスを安易な空想にばかり使われ、明確な思慮思考に運用されないまま寿命を終えるのだろう。なんておれと違うことか。おなじ人間であるはずなのに、この男と高藤は、サバンナで日々喰《く》らい喰らわれるライオンとその餌食《えじき》ほどの差異がある。

いちどだけ息を吐いて、男はノブを回した。警戒するように高藤を振り返ったが、直視する勇気はないらしく、眼鏡の奥の目は微妙に伏せられている。

その警戒が移ったわけではないが、高藤はなんとなく店内を見回した。レジの上の壁に、小型のカメラが取り付けられているのが見えた。

「おい。監視カメラがあるぞ」

「ああ、あれは二時間撮りだから大丈夫です」男はドアを開ける動作を止めた。「二時間撮ったら、中身が消えて、また二時間撮る。万引きとか、あんまないですからね」そんなものなのか。このテの店のセキュリティは。「どうぞ、この中です」

男はドアを大きく開き、体を脇にずらした。点滅しながら照明がつく。店内よりもさらに狭い、畳二畳ほどの個室にスチールパイプの棚が置かれ、十数本のDVDが並んでいた。店内と比べると、実に寂しい光景だった。

「そこにあるのが、お求めのものです」男の声色は、内側から溢《あふ》れる歪んだ喜びで膨れていた。「本物の殺人映像《スナッフ・フィルム》ですよ」

「……そうか」

高藤は静かに呟《つぶや》いた。これか。このなかに、あるのか。

……そこはスナッフ・フィルムを闇で取り扱うお店です……。幻の女の声が脳の隅を飛び回った。本当なんだな。そんなものに金を払う連中が出入りする店があるなんて。

「スナッフ・フィルム」男は自身の欲望を舐《な》めて味わうように、ゆっくりと言った。

「映画みたいな作り物じゃない。本物の殺人シーン、あるいは自殺が映ってる」男の口元からぺちゃぺちゃと音がした。興奮のあまり唾が湧いてきているらしい。

高藤は首を曲げて男から自分の表情を隠した。顔を顰《しか》めるのを止められなかったからだ。

男は恍惚《こうこつ》として続ける。

「しかも、ここにあるものは、すべてショットです」

「ショット？」

男は疎《まば》らに並ぶDVDケースの背中を撫《な》でた。

「カットなしのショット。正真正銘」

意味がわからなかった。

さっきのように話を合わせることもできない。咄嗟《とっさ》に無表情になってしまった高藤に、男は説明を始めた。得意げな顔だった。レンズの奥の目は、今ははっきりと高藤を見つめていた。

「カットはわかるでしょう、シーンのカット割りのこと。ショットは、カットが一切ない映像のことを言います。五分間の映像なら五分間、ひとつのカメラが映しっぱなし。ほら、カットされてるってことは編集された映像の可能性が高いけど、ショットだったらそれは無理ってことで、本物である可能性が高い。スナッフ・フィルムはカットとショットで価値に差が出るんですよ」男は口端を横に引いて笑っていた。高藤は安堵《あんど》の溜息《ためいき》をもらすのを堪《こら》えつつ、浅く頷いた。男の顔は、自分の知識をひけらかすことの喜びに満ちている。「ここのDVDはショットのみ。だから少々、お値段が張ります。一本一万円から。おすすめはこの、欧米のネットに流れた自殺動画を繋《つな》いだ二十分ちょっとの総集編ですね」

こいつは完全な馬鹿だ。

金を握らせてスナッフ・フィルムを売ってくれと頼みに来る客が、カットとショットの違いも知らないことを不思議に思わないのか。自分の知識をひけらかすために、そうした当然持つべき疑問を踏み潰しているのか。

高藤の鼓動が微細なものになった。全身が静かに冷えていく。これまでにも何度か味わったことのある感覚だった。悪いものではない。より良い未来を自分の手で切り開くために必要な、狩りに備えるための緊張感だった。

「――できれば」呼吸を挟む。肝心要《かなめ》の台詞を言うのだ。鎮まっていた鼓動が、大きくいちど耳元で跳ねた。「日本のが欲しい」

「日本の？」

「そうだ」わざと口端を持ち上げて見せた。特に意味はない表情だが、相手がそれで何かを察してくれればいいと思った。「日本人のは、ないか？　殺人でも、自殺でも。あるいは」いったん、言葉を切った。「その両方でも」

「……ありますけど」男は肩をすくめた。もったいぶっているように見えた。「でも、ものすごく数は少ない。わかるでしょう、凶悪犯罪が増えたといっても、日本は世界的に見て安全な国だし。それに、そのテの映像は、なかなか流出しないから」

「でも、あるんだな」口調が素に戻り、自分の声に焦りが透けるのがわかったが、止められなかった。「それを売ってくれないか？」

「ああ……一本だけ入荷してますけど。それは今、ネットのオークションに出してるんです。うちは委託販売もやってまして」

「知ってる」思わず、答えてしまった。

しまった。

男が笑みを消して高藤を見た。現実の人生よりもDVDの仮想世界を見つめる時間のほうが長かったであろう目が、レンズの奥でガラスのような硬質な光を放った。

高藤は、息を止めた。

「……どうして、入札しないんですか？　ご存じなら」

口調が変わったなと、高藤は思った。得意げに喋《しゃべ》るだけだった明るさの奥から、わかりやすい疑問の輪郭が覗《のぞ》いている。

仕方がない。

高藤はコートのポケットに手を滑り込ませた。無意識だった。柄《つか》を握ってから、おれは何を、と思った。これで切りつけるのか？ そんなことをしたら肝心のものが手に入らない。脅すのか？ あとはどうする。ガラス扉を割るどころのレベルではない。

男は独り言のように続けた。

「あのオークションサイトはうちの運営じゃないし……中身がスナッフだってことは、うちの会員様にしか通知してないし……」首を捻《ひね》ってから、あっと叫んで顔を上げた。

「そうか。うちの会員様の誰かがお友達ってこと？」

指が緩み、ナイフの柄が抜け落ちていった。

「そうなんだ。誰とは言えないが」

「でも、じゃあそのお友達に入札してもらって、あなたが買うようにすればいいのに」

「いや、それはできないんだ」瞬きを三度、繰り返した。一度目で跳ねた心臓を落ち着かせ、二度目で思考を開始し、三度目でその成果を受け止めた。「相手も入札してる。おれはほら、嫁があれだから、うっかりオークションサイトに登録もできない。あいつはおれのパソコンもスマホも勝手に覗く。だから、直接来たんだ」

「え。ちょっと待ってください。それって、今現在オークションにかけている商品を買いに来たってことですか？」男は後退《あとずさ》りした。ひどく芝居がかった、それも、まったく売れない素人芝居特有のぎこちない仕草で腕を広げる。「それはちょっと」

「入札金額の倍額を払ってもいい」高藤はスマートフォンを引っ張り出し、あの手紙をマンションの郵便受けで見つけて以来、何度もアクセスを繰り返したオークションサイトを開いた。入札開始は今日の十五時。終了は二十一時。わずか六時間だけのオークションに出品されているのは、「レアDVD　グロ画像」とだけ書かれた、黒いジャケットのDVD。入札件数は二十三件とそこそこだが、値段は午後六時二十分現在で十万を超えている。「二十万でどうだ？」

男の眉間《みけん》に深い皺《しわ》が刻まれた。警戒してはいるものの、同時に、またこういう客か、とうんざりしているようにも見えた。人が殺される映像に十万単位の金を出す人間が会員様の店だ。自分にだけ売ってくれと駆け込んで来る輩《やから》も多いのだろう。そんな変態の一人だと勘違いされるのは心外だが、かまうものか。

ブッシュに隠れているライオンは、草食動物からは植物の一部として見えている。牙《きば》を濡《ぬ》らして待ち構える捕食者に、自ら近づいてくる獲物もいるだろう。この勘違いは捕食者にとってのブッシュだ。

「そんなことしたら、俺は共犯になりますし」

おや、と思った。男の声には強固な姿勢がない。躊躇《ためら》っているだけで、断固として断ろうとしてはいない。

高藤は瞬きよりも長い時間、目をつむった。

男は高藤の提案に驚きつつも欲の触手を伸ばしている。まんざらでもないと思っている。一万円札を畳む指先。交渉次第だと、心の中で舌なめずりをしている気配。もしかしたら過去にも似たようなことをしたことがあるのかもしれない。

導き出されるヒント。この男は籠絡《ろうらく》可能である。しかし、これからしようとしていることは、ガラス扉を破るよりもさらに危険な行為で、だが、ついさっき閃光《せんこう》のように脳裏を走った愚策よりは、まだしも安全な考えだ。そしてここで交渉をやめるようなことになれば、男を共犯にする危険よりも、高藤の日常が壊される可能性が高い。

ヒントの先に、結論が光る。

それを高藤は、できるだけ神妙な口調を作りながら舌にのせた。

「最終入札金額の三倍でどうかな」レンズの奥で男の目が、縁を飾るスタッズよりも鋭く光った。高藤は男の心を摑《つか》もうと、さらに早く言葉を繋いだ。「もちろん全額君のものだ。盗難の偽装工作はおれがやる。店長には、店に来たときには盗まれていたと報告すればいいだろう」

今現在の三倍で、すでに三十万。終了までの二時間と四十分でどのくらい上がるかは知らないが、貯金のごく一部で人生の安泰が買えるなら安い。

男の口が開き、「あー……」と唸《うな》り声が漏れた。

自分の心を、高藤の言葉のほうへ傾けようと努力している。リスクの計算をしているのだろうが、このテの男の計算には自分の欲望への甘さが混じるだろう。

「前金とか、もらっていいですかね……？」

男が答えたとき、高藤は思わず笑顔になった。

作り物ではない笑みが頬を持ち上げるのを感じながら、それでも付け加えるのを忘れなかった。

「かまわない。出品者の連絡先もつけてくれたら、さらに十万出してもいい。いや、ただ、ああいう映像を世の中に出す人間がどんな奴なのか、知っておくと観るときに楽しいだけだ」

楽しい、の部分を強調しておいた。


「委託販売の商品は、店には置いてないんです」

そう言って男は店を閉め、近くのパーキングに高藤を連れて行った。

「店はいいのか？」

細かく降り続く灰色の雨のなかを、できるだけ傘で顔を隠しながら歩いて行く。男は濡れることを厭《いと》わないのか、雨具を一切身につけていなかった。ただ手を翳《かざ》して、眼鏡を庇《かば》っているだけだ。

「いいんです。客がいないときにメシ食いに行っていいってことになってるんで」

こころなしか、男の声は馴《な》れ馴れしくなっている。共犯者の親密感とやらのつもりだろうか。不快だったが、それを顔に出すわけにはいかない。

わざと男の斜めうしろを歩きながら、高藤は今後のシナリオを確認した。目を瞑《つむ》る必要はなかった。

思っていたよりも事は順調に運んでいるといっていい。店のガラス扉を壊して一人でDVDを探すつもりだったが、ここにないならどのみち店員の案内がいる。あれを欲しがっていることを他人に知られたのは痛手ではあるけれど、少し辛い見積もりをしても、この男は高藤をマニアの一人だと考えているだけで、しかもこれまでにもこういった横流しをしていた気配がある。露見する可能性は十パーセントにも満たない。これからその保管場所とやらに行ったとしても、できるだけ注意を払うつもりだ。あとは運次第。だがこのまま何もしなければ、高藤の日常が脅かされる危険性は百パーセントである。まずはその満タンのパーセンテージを、できるだけ下げなければならない。

もちろん問題点はある。この男が、今後、DVDのことで高藤を脅す危険性。そして顔を知られているということ。そのふたつの問題点を消去するには男を除去してしまうしかないが、人間は完全には消せない。生命を絶つことはできても、別の危険性を高めてしまう。そのくらいなら、この男の記憶の片隅に高藤が残ることくらいは我慢してもいい。犯罪の重荷を引きずるのは、今後の人生に現れるであろう障害を飛び越えるときに邪魔になる。

高藤はパーキングの監視カメラの存在を考えて、念のために少し離れた歩道で男の車を待った。店の車だというそれは、小型のミニバンで、廃車にならないのが不思議なほど薄汚れていた。車体には店名もない。こっそりと売り買いしたがる隠れオタクたちへの配慮だろう。今の高藤にはいい隠れ蓑《みの》だ。サバンナのブッシュが、ここにもある。

「俺、ギバといいます」高藤が助手席のドアを閉めると同時に、男が言った。

「ギバ？」

「名前です」こちらを向いて笑う。「義務の義に波と書いて、義波《ぎば》」

「なぜ名前を言うんだ？」

「知ってもらったほうがいいかなって」

呆《あき》れた。こいつは今自分がしていることが犯罪だということをわかっているのだろうか。お友達になりましょうと握手をしたのではなく、この細い綱を渡り終えるまでのあいだ、仕方なしに手を繋《つな》いでいるだけなのに。

「で、あなたは？」

「……。コバヤシ」

義波は信じたらしい。

「コバヤシさんですか」

意味もなく繰り返し、会釈をすると車を発進させた。

車内のデジタル時計を見た。六時半を過ぎたところだった。たったの三十分だというのに、なんだか全身に疲労の毒が回っている。あの店に入ったせいだ。おそらくこんなことがなければ、人生で一度も行くはずのない店。あんな場所に誘導した女への苛立《いらだ》ちが湧き出したとき、鼓膜の奥で笑い声が響いた気がした。幻の声だ。会ったこともない相手に笑われている。妄想だとわかっても、高藤にはそれが許せなかった。朝食にしたガゼルの子どもの親が、真夜中にライオンの寝込みを襲うようなものだ。弱い者は食われるのが当たり前なのに、身の程知らずもいい加減にすべきだ。

苛立ちを散らすためにスマートフォンを取り出し、オークションを見た。金額は十四万三千円になり、更新ボタンを押すと、さらに千円伸びた。小競り合いに入ったらしい。

生暖かい視線を感じて顔を向けると、義波がハンドルを握りながらこちらを見ていた。

「前を見て運転しろよ」

思わず声を荒らげてしまった。

義波はすぐに顔を正面に向けたが、何を考えているのか、またすぐにこちらを見た。

「よっぽど、気になるんですね。オークション」

高藤は答えなかったが、義波は粘着質な口調で話を続けた。

「わかりますよ。俺もいろいろ観たけど、やっぱ作り物より本物がいいですもんね。本物っぽい二時間映画より、五分だけのリアルな自殺生中継のほうがよっぽどキますよね」

「ああ」気のない返事にならないように気を遣ったが、それでも苛立ちは口元に表れてしまった。

義波はうっとりと続ける。

「その点、あのDVDはいいっすよ。三十万くらい払う価値ありますよ」

「おい」素の声が漏れた。「あんた、DVDの中身を観たのか」

「あっ」義波はしまったというような顔をし、すぐにぎこちなく笑った。「ああ、すみません。手つかずが良かったですか。いやでも、委託販売とはいえバッタもんを売るわけにはいかないので、中身の確認はするんですよ」頭が揺れた。右の鼓膜から左の鼓膜へ、脳を貫いて女の声が響いた。……恐怖を感じてください……。楽しげな声の向こうから義波の言葉が響いてくる。「でも、観たのは俺だけなんで。セカンド・バージンみたいなものです」

冗談にすらなっていないし、冗談を言われたとしても今の高藤は笑えなかった。

「そうか」高藤はサイドウィンドウのほうへ首を傾け、目を閉じた。「……どうだった？」

「あれね、いいですね。画像は粗いけど、めちゃくちゃ怖いですよ。やっぱ本物は違うな」

「めちゃくちゃ怖いのか」あえて、笑った。画像が粗いというのは朗報だった。不快感に掻《か》き乱されていた思考力が回復の兆しを見せた。「どんなふうに？」

「言っちゃっていいんですか？」言葉とは裏腹に、話したいと思っている雰囲気だ。

「ネタバレなのに」

「いいんだ。少しくらいなら、予告編みたいなものだろう」

義波は「それなら」と前置きして、

「スナッフものって、偽物ほどグロいでしょ。血がドバーッてなったり、悲鳴がギャーッて響いたり。でも、本物は違います。実にあっさりしてるんです。自殺なんて一瞬でグシャ！だし。殺人も、それほどエグくない。演出されない死は静かです」

回りくどい。さっさと話せと言いたいところを我慢して、言葉を絞り出した。

「詩人みたいだな」

「事実ですよ」ハンドルを切る。小さな車体が大きく揺れた。「一種の芸術なんです。人の命が奪われる瞬間は。特に、あのＤＶＤに映っているような、自殺の強要シーンは」

義波に気付かれないように、高藤は溜息《ためいき》を洩《も》らした。

組み上げたシナリオが薄れ、消去されていく。危険性が高い将来を選ばざるを得なくなったことに、心がずんと重くなった。

「中学生くらいの男の子が四人、映ってるんです」義波は楽しげだ。「カメラは撮影者の手ではなく、鞄《かばん》か何かに入ってるんだ。ファスナーの隙間から撮られてる。定点のショットだから、誰かが持ってたものじゃないんだな。アングルも悪いけど、それがまた、実にリアルです」

高藤の手がコートのポケットに滑り込んだ。濡《ぬ》れたように冷たい金属の感触が指に触れた。

フロントガラスに映る義波の顔を見た。趣味の世界に浸りきり、緩んでいる頬。こちらを小刻みに振り向く目は、現実を映すことを拒絶して潤んでいる。

……こんな奴のために、と思った。

こんな奴のために、おれは今から犯罪者になるのか。本物の、言い訳ができない犯罪者に。

なぜ法律は平等なのだろう。人生を勝ち抜いてきた大人にはそれなりに有利に働いてくれたらいいのに。少年法が若さを理由に刑を軽くしてくれるように、肉食獣が草食動物を喰《く》うのとおなじように扱われたらいいのに。あの女のことはもともとどうにかしなければと思っていた。女と組んだ裏切り者もだ。けれど、それは綿密な計画を練り、必要な情報を聞き出してからのことだった。こいつは余計だ。こんなところで不用意に、人を殺す羽目になるなんて。

義波は話し続ける。

「映っている中学生たちは、友達同士じゃない。少なくとも、一人はね。画面の中央で、少年は尻《しり》もちをついて他の少年たちに懇願してるんです。やめてくれ、許してくれ、って」

「音声も入ってるのか？」

「ええ」高藤は目を閉じ、覚悟を決めたが、義波がその緊迫した心に気付いた様子はない。「ばっちりです。レアな点は、ここ。追い詰められている少年が、追い詰めている少年たちの名前を呼ぶんです。もちろん、追い詰めている少年――犯人たちの顔も映っています。加工なしでお渡ししますよ。名前と顔。確かに映りは悪いけど、洗えばきっとクリアになる。少年たちは、追い詰められている少年にロープを投げる。こんなぶっといやつです。そして言うんです。死ね。自殺しろ、って。そして少年は……あ。ここです」

車の速度が落ち、義波がフロントガラスの向こうを覗《のぞ》くように首を伸ばした。高藤もつられて都会の闇を透かすように目を細めた。黒々とそびえたつマンションが見える。マンションの一室を倉庫として使っているということだろうか。

「どこだ？」

「あの三階の部屋ですよ」

指差した方向を見る。三階の部屋の窓には明かりが灯《とも》っているのもそうでないのもあって、どれかはわからない。

高藤はバタフライ・ナイフを握った。やるのは、部屋に入り、DVDを受け取ってからだ。もちろん中身の確認もして。監視カメラの存在を忘れてはいけない。想像力を駆使して、細部まで注意すること。こいつはさっき「店の会員にはDVDがスナックものであることを通知してある」と言っていた。どの程度まで知らせてあるのかも聞き出して、工夫をしなければならない。ああ、本当に面倒だ。なぜこんなことをしなくてはならないのか。おれはただ、積み上げた人生を守りたいだけなのに。

「ところで、コバヤシさん。あなたはどの人なんですか？」

聞き間違いかと思った。

「どの人？」

車はマンション脇の駐車場の横を、ゆっくりと通過していく。どこに停めるつもりなのか。気にしていた高藤は、引っ張られたように義波を見た。生温《なまぬる》い眼差《まなざ》しの奥に、小さな氷柱《つらら》が生じているのに気付いたのはそのときだった。

「四人のうち一人は、被害者の佐倉良介《さくらりょうすけ》君。残りの三人、高藤司と真柴幸一《ましばこういち》、村木悠太《むらきゆうた》。あなたはそのなかの、誰ですか？」

息が止まり、心臓が跳ねた。柄《つか》を摑《つか》んだ手を引き抜くより早く、男の腕が伸びた。

こめかみに受けた冷たい衝撃が、高藤の意識を吹っ飛ばした。


音が降ってくる。歌……？　小さな折り重なる旋律に合わせて流れる、甲高いソプラノ。

痙攣《けいれん》する瞼《まぶた》を開けた。意識が混乱していたらしい。それは歌ではなく、降り続く雨音と、すぐ近くから聞こえる金属を弾《はじ》く規則的な音とが合わさったものであるとわかった。何の音なのか。大きな金属のかたまりから薄っぺらい金属の板を外しているような音。ナンバープレートを取り外していたら、こんな音になるだろうか？　こめかみが鈍く痛み、記憶が蘇《よみがえ》ってきた。

瞬きを繰り返す。体を動かすと、寝かされている床がぎしぎしと鳴った。視界の半分は暗く、半分は重い群青色に曇った闇に覆われている。雨の夜の、都会の空だ。

「おはようございます」

歯切れの良い声が、どこからか降ってきた。

もういちど、身じろぎした。手で体を支えて起きようとしたのだが、できなかった。手首はうしろで拘束されていた。反射的に足を動かそうとしたが、それもできない。どちらもガムテープのようなもので何重にも巻かれていた。

雨空を遮って、男の顔が現れた。眼鏡をずらし、額にのせている。彫りの深い顔立ちのその男が、輪郭を邪魔する黒縁眼鏡を外した義波だと気付くのに、瞬き二回分の時間が必要だった。

「あなたは高藤さんなんですね」

なぜ名前を、と言いかけた高藤に、義波は片手に持っているカードを差し向けて見せた。高藤の運転免許証だ。財布に入れておいたものだ。

「ここがどこだかわかりますか？」

言いながら、義波は体を横にずらした。高藤は目を凝らした。星のない夜空の下に、奇妙な造形の塔がいくつもある。建物ではなかった。降りかかる灰色の霧雨に、いくつもの色彩が押し潰《つぶ》された輪郭を晒《さら》している。赤や緑、白、銀色。ひしゃげた車の塔だった。

「廃車をプレスする工場なんですが」

男の口調はあきらかに義波のそれとは違っていた。落ち着いた、社会通念を熟知していることを感じさせる喋《しゃべ》り方だった。

「……あんたは誰だ……？」

男はうっすらと笑った。歯を見せない、儀礼的な微笑だった。

「義波ですよ」

「嘘をつけ」おなじ恰好《かっこう》をした別人だ。あるいは、仮面を剝《は》いで素顔を見せたのか。

「誰だ？」

「僕はギバです」目に落ちかかる髪を面倒そうに掻き上げる。「G、I、V、E、R——ギバー。与える者という意味」

言われたことを頭の中で嚙《か》み砕こうとしたが、言葉が硬くて思考の牙《きば》は欠けてしまった。飲みこめない。

男は喉《のど》で笑った。

「まあ聞いてくださいよ。高藤さん。僕はある会社で働いている、立派な社会人です。中古DVDショップのオタク店員じゃない。その会社での、僕の役割が、贈与者《ギバー》なんです」

高藤は素早く周囲を見回した。黒い箱のような場所に閉じ込められている。トランクの中だと悟った瞬間、手首をよじり、ガムテープを解こうとした。厚いビニール質のテープはからまりながら高藤の皮膚に食い込んだだけだった。

「うちのボスは金持ちで、自分の金をあることに使おうとしたんです。『あること』が何なのかは、あなたに言ってもわからないと思う。でもそのために、あのひとは僕が今働いている会社を創った。それは――」男は首を傾げて微笑んだ。こちらを見つめる瞳《ひとみ》の奥で、小さかった氷柱が成長し、瞳全体を覆った。表情が隠れ、入れ替わるように声には情感が溢《あふ》れた。「復讐《ふくしゅう》代行業者」

「復讐……」

高藤の舌が震えた。頭を覆う鈍痛の隙間から、幻の女の笑う声が聞こえた。……復讐をさせてもらうことにしました……。それはあの手紙の書き出しだった。

「それは――おい、それは……」

「わかってきましたか？　そうなんです。あなたに届いた佐倉敬子《けいこ》さんからの脅迫状、これですけども」男の右手がひらめいた。いつの間にか、封筒を持っている。雨で濡れてよれた紙であることが夜目にもわかった。「『復讐をさせてもらうことにしました』」

男は、手紙を抜粋して読み上げた。「『あなたたちが兄を殺したときの映像を手に入れました』『私はこの映像をＤＶＤにして、ネットオークションにかけます』『私の居所がわからないように、委託販売にします』『早い者勝ち』『急がないと、誰か他の人が手に入れるかも』『ＤＶＤはたくさんコピーしました』『何度でもオークションに出すから』『あなたたちは慌てて、焦って、恐怖を感じてください』『あなたたちの大事な生活が脅かされる恐怖を』『この映像を撮って、私にプレゼントしてくれた裏切り者が三人のうちの誰なのかわからないまま』『ずっと、怖がらせてあげる』」男は氷に覆われた瞳でこちらを見た。口元だけで微笑んでいる。「そして、オークションのサイトの名前と出品番号、アクセスコード。しかしあなたは入札しなかった。直接、委託販売業者を突きとめて、DVDを盗むつもりだったんですね、あ、いや、最初は交渉して、売ってもらうつもりだった？　どっちにしても無駄なことです。だって、DVDなんてないんだから。もちろん映像も。だから当然、裏切り者もいません」

高藤は口を開いた。言葉は出なかった。

男は首を傾げて、続けた。

「狩りって楽しいですよね」冷たく凍っていた目に、一瞬、ふっと温《ぬく》もりが戻ったように見えた。瞬きをすると、それはもう消えていたが。「あなたは十三年前、中学二年生のとき、ひとりの少年をいじめていましたね。あなたにとっては、ほんの遊びだった。同世代の少年を追い詰めて、苦しめることが、楽しくてしょうがなかった。子どもらしい、でも、子どもだろうが大人だろうが決してしてはいけない遊び。そしてあなたはその狩りの最終段階として、少年を廃屋に呼び出して、ロープを投げて、自殺するように命じた。あなたとともに愉《たの》しめる仲間の少年二人と一緒に」

「あれは」嗄《か》れた声が漏れた。「おれが首に縄を掛けたんじゃない！　あいつが、自分で、首を吊《つ》ったんじゃないか」腹を空《す》かせたライオンの前から逃げなかったなら、獲物のほうが悪い。

男は眉《まゆ》を寄せた。

「自殺しろと命令したのに？　ロープまで投げたのに？　そのうえ、死ななきゃおまえの妹をレイプするぞ、と脅しておいて、それでも？」

男は傾げていた首をまっすぐにし、噛み砕くような口調で喋った。

「首を吊った男子生徒をその場に残して、あなたがたは廃屋をあとにした。少年は死ななかった。ロープがほどけて床に落ちて、発見されたけど、その後亡くなった」

高藤は無意識に頷《うなず》いていた。遠い日の教室。神妙だが自分の保身のことを考えていることがよくわかる教師。その口から伝えられた、病院に収容されたが意識不明だという報《しら》せ。夏休み明けに届いた死のニュース。葬儀は家族だけですませたという。そのとき高藤は、仲間だった少年たちと目端で笑い合った。遊びが安全に完結したと思ったのだ。

「――どうしてそこまで知ってるんだ」折り重なる記憶が、高藤の意識を落ち着かせてくれた。「映像がないのに」

「話したからですよ」

「誰が」

「少年が。つまり、佐倉良介くんが。首を吊ってから七日後、意識を取り戻したときにね」

「……何？」

「彼は意識を取り戻した。死ななかった。でも、すべてを母親に話してから、死んだ。なぜか？　自殺をやりなおしたからです。あなたたちが、彼が死ななければ彼の妹に危害を加えると脅したから」

高藤の喉が音を立てた。自殺のやりなおし。それは、十代の自分が知らなかったことであるせいか、時の麻酔が効いていない心をえぐった。ただしその感覚は、罪悪感ではなかったけれど。

「母親は学校に相談しましたが、遺書もないし、学校側は相手にしなかった。教育委員会も動いてくれなかったそうです。そして二か月ほどまえ、その母親も亡くなりました。死ぬ前に、残った最後のご家族である妹さんにすべてを話してね。そして妹さん、佐倉敬子さんがうちに依頼をした。お兄さんの復讐を。僕たち『援助者《サポーター》』は——、あっ。これが僕らの会社の名前です。僕たちは、このシナリオを組み上げて、あなたたちを誘いだした。あのオークションに入札しているのはうちのスタッフたち。あなたのお仲間の二人も頑張ってるみたいだけど。念のため、販売元を調べて盗みに来るやつがいたら確保するために、店まで作って僕が張り込みに派遣されていたというわけです。えーっと」額に指をあてがう。「こんなところかな？　もう行かなくちゃ。今夜中に、ほかの二人にもおなじ罰が与えられる。DVDで脅すだけなんて、あなたたちがしたことを考えたら温《ぬる》すぎる。僕の他にも復讐の実行役はいるけど、僕がメインだから、そっちの現場にも行くんです。じゃ、そういうことで」

男はトランクの蓋《ふた》に手をかけた。

「おい！」心臓どころか、全身が凍りつく思いで、高藤は叫んだ。「どこに行くんだ。

おい、おれはどうなる……！」

「この車、明日の朝にはプレスされる」

男の目は凍《い》てついたままだった。その冷気が伝わってきて、高藤の全身を硬直させた。

「叫んでもいいけど、誰かに聞こえるかな？　聞こえるといいですね。でも無理かな？」

言うなり、男の手が伸びてきた。避《よ》ける暇もなく、粘着質の何かを口に貼られる。ガムテープだった。叫んでみたが、もう遅い。高藤の悲鳴は喉で潰《つぶ》れ、濁った音を奏でるだけだった。

蓋が閉められる。車体が揺れた。暗闇が視界を押し潰した。高藤は体をよじった。吼《ほ》えつづけたが、何度放っても声が喉で渦を巻くばかりなのを悟り、そこでようやく目を閉じた。落ち着け、と自分に言い聞かせる。これまでに何度も乗り越えてきた人生の障害を思い浮かべた。小学校での学級内における頂上の取り合いから始まって、中学での男子生徒同士の誰が最初に性行為を経験するかといった他愛もない競争、成績の競い合い、就職試験、組織に入ってからの人間関係の微調整。繊細な戦いの上に築き上げてきた生活を壊されてたまるか。

高藤は目を開いた。暗闇だったが、心には一筋の光明が見えていた。手首を動かし、腰をひねる。コートの布地を指先でつまんで引き寄せて、なんとかポケットに手を突っ込んだ。手紙は奪われている。けれど、そこにはまだナイフが残されていた。なんだ、やっぱり馬鹿だ。両方のポケットを確認しないなんて。

笑いたかった。ガムテープのせいでそれは叶《かな》わなかったが、心は笑いの速度で震えていた。なにが復讐だ。前を見て生きられない奴ら。過去になんか捕まるものか。生き残ってやる。そして平等な法律の正当な力で、あの女にも不気味な男にも復讐をしてやる。なにが贈与者《ギバー》だ。生き残ってやる……！

指を器用に動かし、ナイフを開いた。金属の柄《つか》が左右に分かれる音が暗闇の中に響いた。とたんに、爪のすぐ下に痛みを感じた。切ったのだ、とわかった。畜生。この十倍の痛みを、あの女と男に味わわせてやる。

刃を手首に向けた。テープの下の皮膚を傷つけるだろうが、仕方がない。痛みを感じるたびにあいつらに与える予定の苦痛を上乗せしていこう。ナイフを滑らせた。幾重にも巻かれたテープの上っ面がわずかに傷つく気配がしたそのとき、沈んだ光が高藤の全身を包んだ。

トランクの蓋が開いて、男がふたたび高藤を覗《のぞ》き込んでいた。まるで高藤がしていることを透視していたかのような絶妙のタイミングだった。

手が伸びてくる。ナイフを取り上げる気だ、と悟った高藤は、咄嗟《とっさ》に腕を振った。指先に傷がつくのも構わずに刃を外側に向け直し、男の手首を狙った。何かが落ちる音。高藤の反撃に驚いて身を身を捻じった男の額から、眼鏡が落ちた音だと思った。高藤は不思議な高揚を感じた。これは今まで経験したことがない、命を賭《か》けた本物の戦いだった。サバンナの戦い。法もなければ遊びでもない。これに勝てたら、おれはいっそう強くなれる。

ナイフが相手の手首を掠《かす》る。手応《てごた》えはない。すぐに手を捻《よじ》り、第二波の攻撃を仕掛けようとしたそのとき、真横から来た衝撃が高藤の指から力を奪った。

刃《やいば》だった。か細いバタフライ・ナイフとは比べものにならない。厚く、短く、わずかに欠けた先端が闇夜にこぼれる光を受けて輝いている。本物の白兵戦に用いる軍用ナイフのように見えた。

男は氷のような目で微笑んでいる。眼鏡はそのまま額のうえに存在していた。落ちた音ではなかったのだ、と高藤は悟った。鞘《さや》から抜きはなった音か。この刃を。

しかし刃は、高藤の膚《はだ》に突きたてられてはいなかった。峰で甲を殴っただけだった。その微妙な傾きと、指の力を奪いバタフライ・ナイフを落とさせた力加減は、男が自分の口から生えている牙《きば》のようにその刃を使いこなせることを証明していた。

目の前で冷たく光る刃を、男はあっさりと引いた。そのときにはもう一方の手で、高藤が落としたバタフライ・ナイフを拾っていた。

見上げると、男は薄く笑い、額から眼鏡を取った。

トランクの隅に置く。スタッズが鈍く光った。

「その銀色の飾り、実はワイヤレス・カメラなんです。赤外線機能つき、赤いライトはつかないタイプ。ずっと撮影していたんです。電波を飛ばして、べつのところにあるレコーダーに記録を」

「………」

「撮影が終わったら、仕事を完遂した証拠として、佐倉敬子さんに映像をお渡しします。あなたのほうにカメラを向けているの、大変でした。運転中は特に」

「………」

「置いておきます。最後まで撮らなくちゃ。あなたの最期まで」

「………」

「じゃあ。ロングショットを楽しんでください」

トランクの蓋が閉められた。見えなくなるときまで、男の目は深々《しんしん》と冷えていた。

ふたたびの暗闇が高藤を包んだ。遠ざかって行く足音が聞こえる。

……たぶん、と高藤は暗闇を見つめながら考えた。あの男はわざとバタフライ・ナイフをポケットに残しておいたに違いない。一瞬の希望を抱かせるために。佐倉良介が、いちどは意識を取り戻したように。

目を閉じようとした。が、できなかった。瞼《まぶた》の裏の暗闇と、目の前に広がる暗闇の区別がつかなかったからだ。

閃《ひらめ》きの光を探す。自分をここから救い出してくれる光を。目を見開いたままあちこちに視線を飛ばしていると、かすかな光が映った。体は動かなかったが、心が飛びついた。

さあ答えをくれ。

しかし一瞬あと、それがわずかな隙間から入る雨夜の明かりを反射したワイヤレス・カメラであることに気付き、高藤の心は闇に呑《の》まれて、尽きた。

05

ピース・メーカー

初めて訪れたホテルのロビーには、壁一面のガラスを通って、暖かな日差しが降り注いでいた。春の陽光だ。長い冬に苛《いじ》められた空気を、太陽が柔らかく撫《な》でている。ロビーを行き交う幸福そうな人々を見渡しながら、青山《あおやま》は笑みを浮かべた。

今、青山の心は、この光とおなじくらい明るい。ジャケットのポケットに手を入れ、そこに収めてある紙を引っ張り出すと、心に溢《あふ》れる色彩はいっそう鮮やかになった。折り畳まれた便箋《びんせん》の表には、蛍光ペンで「お父さんへ」と書いてある。手紙の中身は車の中で二度も読んだ。再就職の面接に挑む父親へ、高校生の娘が書いてくれた励ましの言葉が並んでいる。そのくらいの年ごろの娘が父親を慕ってくれるのは稀《まれ》なことだと、青山は知っていた。妻と娘の仲もいい。自分たち家族は特殊な事情を抱えてはいるが、それを差し引いても稀なことだと思う。

実際、青山は運もいい。人生の大半を捧《ささ》げた勤め先のビジネスホテルを解雇されてすぐ、この大手ホテルチェーンの経営母体である企業から、新しく展開するリゾートホテルの客室主任として勤める気はないかと誘いが来たのだ。青山の年齢でこれは、大変な僥倖《ぎょうこう》だ。

手紙をポケットの奥に丁寧にしまい、鏡のように反射する柱の前で足を止めた。髪を整え、頬に触れる。微笑みを浮かべてみた。四十五歳という年齢にしては、悪くない笑顔だ。去年より若返って見えるかもしれない。これからはもっと良くなる、と柱に映る自分に向かって頷《うなず》いた。

この五年間のことを思い返してみる。五年前、青山の人生は崩壊の直前だった。人生そのものに命があるとするなら、あの頃青山の人生は、心肺停止状態の手前だったといえるだろう。そんな弱り切った人生に心臓マッサージをし、励まし、ようやくここまで回復させた。あの頃笑うことはおろか、動くことさえ忘れてしまっていた妻も、今はやっと日用品の買い物くらいはするようになった。娘はそんな母親を気遣い、率先して家事を手伝う。妻もそんな娘のために、買い物帰りにケーキを買ってきたりする。

青山の家庭は、外の季節とおなじうららかな春を迎えようとしていた。

そんなときに降って湧いたリストラ勧告である。

働いていたビジネスホテルは、長年社長を務めていた創業者が退任し、その息子が跡を継いだ。青山とたいして年の変わらない新社長は、正社員を減らし、派遣社員に切り替える方針を打ち出した。残ることができるのは長年会社のために尽くしてきたベテランの社員ではなく、賃金が安い若手だけだ。

青山くらいの年齢になると再就職の門は狭い。娘は高校生でまだまだ金がかかる。フロントマネージャーという肩書で元の職場に二十年以上も勤めた青山は、おなじ業界に就職しようにも、元の職場に慣れすぎていると思われて敬遠されるだろう。そもそも元の職場では、客の応対はもちろん、苦情の処理から人手が足りないときは客室の清掃までやることがあった。細かい作業に慣れすぎ、かといって他業種への転職を図るには歳を取りすぎている。

途方にくれかけた青山のもとに、一通のメールが届いた。再就職先として考慮することもできないほど有名なホテルチェーンからだった。震える手でそこに書かれていた電話番号にかけてみると、相手は青山がクビになったホテルの前社長のご紹介ですと言った。青山の境遇に同情し、昔からの知り合いに頼みこんでくれたのだという。他のリストラされた社員の手前、くれぐれも内密に、と言われた。

家族経営の小さなホテルの創業者が、大企業の役員と旧知の間柄だったなんて。運というのは、ほんとうにわからないものだな。改めてそんなことを考えながら身なりを確認していると、柱に映る青山の背後を行き来する若い男に気付いた。誰かを捜すような風情であたりを見回し、青山に気付くと、観察するような目を向けた。

だが青山は、それが自分と関係がある人物だとは、声をかけられるまで微塵《みじん》も考えなかった。

「失礼、青山さんですか?」

青山は息を止めて振り返った。

明るいグレーのスーツを普段着のように着こなしている。背は高いが、青山の感覚からすれば痩《や》せすぎているように見えた。顔の輪郭に沿って流れるチョコレート色の髪は、どう見ても自然な色ではない。前髪が長く、彫りの深い目元に落ちている。足元は白と黒のエナメルで、柱に映っていたときからまともな社会人には見えなかった。

「え」声が喉《のど》で詰まった。「あの、あなたが？」

迎えの者がロビーに行くと、面接相手の会社から届いたメールには書いてあったが、イメージしていた相手とあまりにも違う。この若者は会社の面接室にいるよりも、夜の街で女と遊んでいるほうがふさわしいだろう。

「青山和典《かずのり》さんですね」

青山の狼狽《ろうばい》に気付いていないのか、それとも無視したのか、若い男は淡い微笑を浮かべた。

外見にそぐわない、すっきりとした発音だった。しなやかな自信が、落ち着いた声に溢れている。若くして社会的な地位を手に入れた人間にありがちな傲慢《ごうまん》さが垣間見えた。

「ああ、はい。青山です。これはどうも、申し訳ない」

なにを謝っているのか。自分でもよくわからないうちに、青山は深々と腰を折っていた。

晴れ渡っていた心の隅に、小さな染みが生まれるのを感じた。人事部の人間には見えないが、まさかこんな茶髪の若者がプロジェクトに参加するのか。元の職場に残ることができた正社員が、皆、三十代前半までの若者だったことをいやでも思い出した。

いや、だめだ。悪い方へ考えるな。手紙を収めたポケットに指先で触れて、青山は家で待つ家族のことを思った。やっと安定してきた大事な家庭。その均衡を保つには、父親に仕事があることは大切だ。妻はまだ、外に働きに行けるほど回復していない。嫌なことがあったとしても我慢しなければ。それに、この若者だって、才能を見込まれたからこそ、重要なポストを与えられたのかもしれない。年齢や外見で判断しないからこそ、青山にも声をかけてくれたということなのではないか。

無理矢理にでもそう考えることにして、青山はさらに深く頭《こうべ》を垂れた。

「本日はどうぞよろしくお願いいたします」

自分でも鳥肌が立つほど、へりくだりに満ちた口調だった。

顔を上げると、若い男は笑みを深くしていた。

「では、面接会場にご案内します」

そう言って踵《きびす》を返した。

うしろを向いたとき、絞ったデザインのスーツの腰のあたりに、何か細長いものが挿しこんであるのがわかった。スマートフォンとかいうものだろう。最近の若者はみんなあれを持っている。

若い男が押した階数ボタンを見て、青山は声をあげそうになった。

二十七階建てのホテルの二十六階。最上階はレストランとバーになっている。彼が押したのは、そのすぐ下の階のボタンだった。オレンジ色に光るボタンの横には、プレジデンシャルスイートと書いてある。

スイートルームで面接？

そうなのだとしたら、新しいリゾートホテルの企画に会社側は相当な力を入れているに違いない。青山は背筋が伸びるのを感じた。

「こちらです」

エレベーターが停まり、開いた扉から茶髪の若者が出て行く。青山は緊張で足がもつれないように気をつけながら後を追った。

廊下に踏み出すと、毛足の長い絨毯《じゅうたん》が足を受け止めた。革靴越しでもふんわりした感触が伝わってくる。若い男は大股《おおまた》で歩き続けたが、青山は溜息《ためいき》をこらえるので精一杯だった。

柔らかな感触に慣れた頃、前を行く薄い背中が廊下の奥の扉にたどりついた。これだけ長い廊下なのに、扉はその一枚しかない。青山は期待と緊張が心臓を躍らせるのを感じた。

男は金色のノブを捻《ひね》り、青山に向かって言った。

「他の方は、もうお待ちですので」

他の方？

その言葉に不吉な響きを感じたとき、青山の目が眩《くら》んだ。
眩《まぶ》しい光が足元を池のように照らしていた。窓から入る太陽の光だった。ロビーの光よりも明るく、濃い。遮るものが多い都心では、日の光でさえ金持ちの独占物であることを思い出した。

ホールのように広い、豪華な色彩が溢れる部屋が青山を迎えた。淡いサーモンピンクの絨毯と、白い壁紙。天井からはシャンデリアが下がっている。

部屋の中央にしつらえられた白いソファセットから、人影がふたつ、立ち上がった。
「青山さん」若い男がソファの手前で振り返り、手招きする。青山は自分が扉のまえで止まっていたことに気付いて、急いで近づいた。扉が音を立てて閉まった。「こちらでお待ちください」

三人掛けの長イスに、間をあけて二人の男女が座っていた。

一人は青山とおなじ年頃の男で、がっしりした体つきだが、疲れた顔をしている。女のほうも若いとはいえない。白いスーツを着て、肩までの髪は緩く波打ち、やや濃すぎる化粧を施した顔には笑みを浮かべていた。若干、わざとらしさを感じさせる笑顔だったが。

青山は心を打つ衝撃をなんとか顔に出さずに堪《こら》えた。

他にも、面接を受ける人間がいたのか。……二人も。

そっと奥歯を噛《か》んだとき、座ってください、と若い男に言われた。青山はソファセットの下座に腰かけようとした。しかし、下座にあたるソファはすでに二人に占拠されている。三人掛けだが、そこにはすでに一人分の間隔をあけてライバルの尻《しり》が沈んでいる。その隙間に体を捻《ね》じ込むのはためらわれて、青山は身が縮む思いで、一人掛け用のソファに座った。

「どうぞ」腰を下ろそうとすると、背後からグレーの袖《そで》が伸びてきて、なめらかな若い手が飲み物を置いた。白い陶器のカップに注がれた紅茶だった。甘い香りが、湯気とともに立ちのぼってくる。

「これは……どうも」

中腰の姿勢のまま、青山は頭を下げた。若い男は微笑を目に嵌《は》めこんだまま、自信が輝く声で言った。

「それから、申し訳ありませんが、携帯電話をお預かりいたします」

面接中に鳴らす人間だと思われているのかと、一瞬、心を曇らせた青山だったが、内心を顔に出さないようにしながら携帯電話を差し出した。

「これひとつですか？ ほかには？」

なぜそんなことを訊《き》くのかと驚いたが、すぐに相手が腰に挿していたものを思い出した。スマートフォンを持っていないことを訝《いぶか》しんでいるのだろう。青山は少し早口になりながら答えた。

「それだけです」

若い男は頷《うなず》いて、部屋を横切って行った。

隣の部屋へ入って行く。そこは寝室で、クイーンサイズのベッドがふたつあるのが見えた。

扉を閉めなかったので、若い男が何をしているのかが見えた。彼は小さな箱のなかに青山の携帯電話を入れ、ベッドの上に束ねてある書類を手に取って眺めている。先に送っておいた履歴書か、それとも面接のマニュアルだろうか。

青山は首を戻し、紅茶を飲んだ。

「あの」女が口を開いた。妙に気取った、甲高い声だった。「皆さんのお名前、訊いてもいいかしら」

名前を訊くということは、この二人は長い時間ここで待たされていたわけではないのかもしれない。そうでなければ、青年がいなかったあいだに自己紹介くらいすませてあるだろう。それとも緊張して、今やっと口を開くことができたということか。

カップを置き、青山は反射的に名刺を取り出そうとした。一瞬あと、自分が失業中であることを思い出し、ゆるゆると手を下ろした。

「西脇《にしわき》です」

青山の指がジャケットの懐を探るより早く、女の隣に腰かけている男が言った。愛想の欠片《かけら》もない声だった。

「西脇、さん？」女の声が強張《こわば》った。青山はそれを、男の素っ気なさへの反応だと受け取った。「西脇さんとおっしゃるの……」

女はなぜか、目を見開いた。赤い唇が横に伸び、血痕《けっこん》のように見えた。無愛想なのを驚くにしても、奇妙な表情だった。

女はすぐに自分の表情の不自然さに気付いたようで、はっと息を吸うと、瞬きして青山に視線を移した。

「あの、あなたは？」

唇に笑みが戻った。

「え。私ですか」答えたくない気がしたが、内緒ですとも言えない。「青山ですが」

苗字を言いきったところで、女が息を吸い込んだ。あまりに大きな音だったので、女の気道を通る音が悲鳴のように聞こえた。

「青山さん？」

女は身を乗り出した。

一体、何なんだ。

青山は尻をずらし、女から逃げる体勢を取りながら、寝室を振り返った。開いた扉の向こうで、若い男が書類をさばいているのが見えた。

「ええ、はい」この女、様子がおかしいぞ。そう呼びかけたいのをなんとか堪えた。

青山は以前の勤め先で、似たような状況に遭遇したことを思い出した。フロントに来た客の一人が、外見はまともな若い女だったけれど、予約したはずなのに予約がされていないと言われたと騒いだのだ。こちらのミスかと調べてみたが、女が言う名前はそれを口にするたびに変わり、しまいには予約した日付もさまざまに変化し始めた。最後は暴れ出したので警備員をよんだが、あのときの空気に似ている。

さすがに気配を察したのだろう。西脇という名前であるらしい隣の男も、首を曲げて女を見た。

女はさっきよりもさらに甲高い、掠《かす》れた声で尋ねた。

「青山さんは、お子さんの名前はなんとおっしゃるの？」

「は？　子供？」質問が予想外すぎたせいか、反射的に答えてしまった。「佑香《ゆか》といいます」

女は、ゆっくりと息を吐いた。

「ああ、……そうなんですか。お名前からして、お嬢さんね」だから何なのだ。眉《まゆ》を寄せたが、女は口調を柔らかくして、今度は西脇に向かって言った。「西脇さんは、今日はどうしてここにいらしたの」

「え」西脇は眉を寄せ、女と青山を交互に見た。よほどの事情を抱えているのか、暗く湿った目をしていた。「どうしてって、今日は後藤《ごとう》弁護士に呼ばれて……」

「弁護士？」

青山の声が弾けた。

ホテルの面接に弁護士？　なぜだ。

「え？」女の声がひっくりかえった。「今日はグループセミナーでしょ？」

「セミナー？」

青山はとうとう叫んだ。

二人の視線がこちらを向く。青山は急いで言った。

「今日はホテルの面接でしょう？

「面接？」西脇は眉を寄せた。人生でいちばん奇妙な言葉を聞いたような顔だ。

「――どういうこと？」

女が捻じ曲がった声を上げたとき、寝室から出て来る足音が聞こえた。


「みなさん、お待たせしました」

書類の束を抱えた若い男は、ソファを回り込み、三人からよく見える位置に立った。

「あの」目を見開いたまま、女が声をかけた。「……どういうことかしら？　赤城《あかぎ》先生はどちら？　あなたは、どなた？」

赤城先生という人物が誰なのかわからなかったが、グループセミナーという言葉からしてカウンセラーか何かだろうと思った。

若い男は女と目を合わせることなく、何もない空中の一点を見つめた。

「僕は義波といいます。正義の義に波と書いて、義波」

「義波さん」西脇が身を乗り出した。「これは何です？」

義波と名乗った若い男は、やはり西脇とは目を合わせなかった。明るい色の前髪の隙間から覗《のぞ》く目は、ロビーで見たときと変わらない微笑みを宿している。だがそれはあまりにも平坦《へいたん》で、貼り付けたように微動だにしない。人間の目の表情がどれほど素早く変わるか、フロントでたくさんの客の顔色を窺《うかが》ってきた青山はよく知っている。これほど静かな目は見たことがなかった。

「最初に言っておきます」微笑みを嵌めこんだ瞳《ひとみ》のまま、誰のことも見ずに、義波は口を動かした。「今日はグループセミナーでもなければ、ホテルの就職の面接でもありません。西脇さんの奥様は浮気をしていませんよ、たぶん。今日みなさんにお集まりいただいたのは、別の理由からです」

義波は抱えていた書類をテーブルの上にぶちまけた。

A4サイズのコピー用紙が、銃で撃たれた白鳥の羽根のように散らばった。引き寄せられるように、青山は散らばった書類の文字を目で追った。

「これは……」

青山が呟《つぶや》くと同時に、女が悲鳴をあげた。ソファのうえで後退《あとずさ》りする。

「どういうつもりだ！」西脇が叫んだ。声の中で剝《む》き出しの狼狽《ろうばい》がのたうっていた。立ち上がり、散らばった書類を指す。「なんで──なんだって、こんなものをっ」

義波が投げだしたのは、新聞の記事だった。正確には、新聞の記事をコピーしたものだ。

発行年は最近ではないが、大昔ともいえない。古いものは七年前。新しいものでも五年前。どれにも共通しているのは、読むだけで心に痛みを感じる見出しの下に、十代前半の子供の顔写真が印刷されていることだった。

散らばった新聞記事の、いちばん近くにあるものを見て、青山は向かいのソファに座っている女がなぜ西脇という名前を聞いて顔色を変えたのか、わかった。

「西脇真弓《まゆみ》さん、当時十三歳」義波の視線が移動して、初めて相手を見た。西脇は拳《こぶし》を握りしめていた。義波の目の微笑みは小揺るぎもしない。「青山夕也《ゆうや》くん、十二歳」青山の全身が粟立《あわだ》った。ほんの一瞬、血管を流れる血液が静止した気がした。義波は視線を滑らせて青山を見、すぐに、硬直している女を微笑みの瞳で一瞥《いちべつ》した。「高木《たかぎ》亘輝《のぶてる》くん。最後の被害者ですね。おなじく十二歳だった。母親は、今は水沢《みずさわ》という苗字になっている。そうですよね？　水沢さん」

「なんなのよ！」破裂するような叫び声と共に、女が体をくねらせた。「何なの、どうしてあたしたちの子供の事件をッ」

青山の耳が痛くなるほどの声だったにもかかわらず、義波の瞳の微笑みはそのままだった。

「ここにいる皆さんは、七年前から二年間立て続けに起こった、西東京市少年少女連続殺害事件の被害者遺族の方ですね」

室内の空気が凍りついた。

十代前半の少年少女ばかり五人が殺害された事件。事件は途切れているが、遺体の異様な様子と犯人が捕まっていないこともあり、いつか再開するかもしれないという不気味さを保ち続けている事件である。

子供たちの遺体は、民家の裏庭や、駐車場の一角、ゴミ集積所などに捨てられていた。日中でも比較的人通りが少ない住宅街の片隅に、不法投棄されたおもちゃのように置かれていたのだ。子供たちはまず背後から鈍器のようなもので殴られたのち、絞殺されていた。男女とも、性的暴行の痕《あと》はなかった。

犯行はすべて短時間のうちに行われている。なかには遺体が発見されるまで、遺族が本人の不在に気付かなかったものもあった。被害者の年齢の幅が狭いことと遺体の状態から、同一犯である可能性が高いと言われている。

義波の瞳が三人の顔を撫《な》でた。誰もが呼吸することさえ忘れて、温度のない微笑を浮かべる若い男を見上げていた。

「……だったら、何なんだ」

西脇が囁《ささや》いた。そうだ、と青山も口の中で呟いた。

被害者遺族。そのとおりだ。青山が短いあいだ息子と呼んだ少年は、五年前に例の事件の特徴を備えた遺体となって見つかった。よりにもよって、青山の自宅から三キロしか離れていない民家の裏庭に遺棄されていた。発見したのはその家に住んでいた一人暮らしの老婆で、飼い猫が家の裏で異様に鳴いたので見に行ったのだという。犯人に繫《つな》がるものは何ひとつ見ていないし、聞いてもいなかった。

青山の人生に、そして家族に重大な危機をもたらしたあの事件。なぜそれを今、この見ず知らずの男が口にするのだ。再就職の面接に来たはずの、今。

義波はなめらかな口調のまま言った。

「僕はある特殊な会社で働いています。普通の社会では表立って頼めない仕事を引き受ける、そういう組織です。今回の依頼人は、あなたたちのお子様を誘拐して殺した犯人です。その人から、ちょっと特殊なお願いをされましてね。それで今日は、皆さんにお集まりいただいたんですよ」

親たちは身動きしなかった。

耳から入りこんだ言葉を、青山の脳が拒否している。

二度、三度と息を吸い、口を開閉させながら、ようやく吐き出した。

「犯人を……」一瞬で二十も歳を取ってしまったかと思うほどしわがれた声で、西脇が呻《うめ》いた。「私の娘を殺した……殺して、あんなことをした犯人を、あんたは知っているのか？」

「僕たちにとっては、犯人じゃない。依頼人です」義波は笑顔で答えた。

青山はただただ硬直し、女は両手で口元を覆った。ただ一人、西脇だけが拳を振り上げた。

「西脇さん、座ってください」

うわ、と西脇が叫んだ。女と青山は、同時に息を呑《の》んだ。

義波は腰から黒い金属を引き抜いて、その細い筒口を西脇に向けていた。

銃だ。スマートフォンではなかった。義波の手よりも大きく、銃身が長い。本物かどうかよりも、その色形だけで、青山は圧倒された。

西脇の尻《しり》がクッションに沈んだ。義波は銃口を下げた。

「ありがとうございます。さて、説明に戻りますが、実は今回の依頼はうちの会社にとっても難しいものでしてね。依頼人はこう言うんです。俺は五年間おとなしくしていた。そろそろ次の芸術を作りたい。でもそのまえに、皆さんから『あるもの』をいただきたいと。それを手に入れないと、前の芸術が完成しないんだそうです」

義波は全員の顔を見回した。

誰もが息を詰めて、若い男を見上げていた。彼の口から出た言葉のどれもが受け入れがたく、ひたすら奇異に聞こえたが、なにより小学生や中学生の子供を殺すことを「芸術」と呼ぶ犯人が信じられなかった。そんなことを笑いながら話す若い男も。

「『あるもの』をいただく？」うつろな声で、最後の犠牲者の母親が言った。「あたしたちから大事な子供を――奪っておいて、まだ何か取り上げるって言うの」

義波は眉尻《まゆじり》を下げた。

「そうなんです。ところがそれが何なのか、依頼人は教えてくれないんですよ。大切なものだとは言うんですがね」

「あたしたちが何を持ってるっていうの」女の両目から涙が流れた。「奪われたのに」

ふたたび西脇が立ち上がった。義波に飛び掛かろうとしたのかは、わからない。立ち上がった途端に義波が鋭く叫んだからだ。

「やめたほうがいい。運動すると、それだけ早く毒が回ります」義波は目で新聞記事のコピーに埋もれる西脇のカップを指した。「あなたはいちばん多く飲んだみたいだから」

全員が無言で自分が口をつけたカップを見た。青山は、それだけでなく、他の二人のカップも見た。西脇も、水沢もほぼ飲み干していた。青山はまだ半分も飲んでいない。

「サンゴヘビって知ってますか。小さくてきれいな蛇ですけど、強力な毒を持っている。その毒が体内に回ると呼吸困難に陥って、死ぬ。味はないから、紅茶に混ぜてもわからない」

「毒？」青山は訊《き》いた。「致死量は……？」

「一口でも飲めば致死量になるよう、計算してあります。早い人では一時間、遅くても半日で死に至る」

衝撃的な言葉だった。本当に気絶するかと思うほど、青山の視界が揺れた。

「何よ、何なの……あたしたちの命まで、犯人は奪おうというの」

「いや、僕は、毒であなたがたを殺せとは依頼されていません。ただ依頼人が欲しがっているものを手に入れればそれでいいと言われていますから。それを渡してくだされば、引き換えに解毒剤をさしあげます」

全員が、弾かれたように顎《あご》を上げた。

「ただし、解毒剤はここにはありません。皆さんがお持ちの『あるもの』を僕に渡してくれたら、仲間が持ってきます」

「あいつはこれ以上、何が欲しいって言うのよ」

「さあ、何でしょうね」義波は首のうしろを掻《か》いた。面倒そうな、面倒くさいと思っていることを青山たちに知らせようとしているような動作だった。「協力してくれませんか。僕としては、任務を果たせればそれでいいんです。依頼人の言うとおりなら、皆さんはその『あるもの』を持っているらしいので」

並んで座る二人の親は、ふざけるな、何を言っているんだ、と喚《わめ》き立てた。

青山は静かに口を開いた。

「あんた、……義波さん」

向かいのソファに座る二人が、何を言うのだろうと窺《うかが》うように青山を見た。青山は義波のほうを向いたままでいた。

義波は前髪の隙間から、微笑んだままの目でこちらを見た。とても奇妙なことだが、おなじ表情を浮かべ続けると、それは無表情とおなじくらい意味を持たなくなってしまうものらしい。青山には、義波の目が平坦《へいたん》に見えた。

「その犯人が欲しがってる『あるもの』を持ってるのは、被害者の遺族なのか？」

「そうだと、依頼人は言っていました」

「遺族の、誰だと」

「それが、教えてくれないんですよ。依頼人にはわかっているのかもしれないけど」

「わかってて、どうして言わないのよ」

「さあ、なんででしょうね。でもうちとしては依頼人の要望にお応《こた》えするだけです。とりあえず、可能性がありそうな遺族全員に集まってもらいました」

「あの事件の被害者は五人だった」西脇の言葉に、青山も頷《うなず》いた。「なぜ、私たちだけなんだ」

「確かに、被害者は五人です。でも、二番目の子のご遺族はこの五年のあいだに父親が亡くなり、母親は入院中だし、被害者の兄は少年院にいる」青山は胸のあたりが詰まるのを感じた。二番目の被害者は当時十一歳の少女だった。その兄はいくつだったのだろう。「三人目の被害者の母親は、一人で子供を育てているシングルマザーでした。事件のあと、お子さんを捜して毎日歩き回り、事件から一年後の冬の夜、車に撥《は》ねられて亡くなりました」

親たちはざわめいた。

皆それぞれに、この事件のニュースを追ってきたからだろう。だがその話は初めて聞いた。

義波は葬儀会社の人間のように、厳粛に眉を寄せた。

「毎日いろんな事件が起こりますから、過去の事件のその後って、ほとんど報道されませんよね。かわいそうに」

「本当はそんなふうに思ってないくせに」西脇が苦い声で言った。「私の妻には何もしてないだろうな。この人たちの家族にも」

「その必要はないかなと思いまして」若い男の目の微笑みが、内側から光った。「西脇さんと奥様の関係はだいぶ悪化してますし。水沢さんは離婚してもうすぐ二年でしょ」

二人の喉《のど》が鳴った。「青山さんのところは、なんとかなってるみたいだけど、それでも奥様はずっと家の外に出られなかったじゃないですか。事件当時、仕事であまり家にいなかった自分に責任を感じて、日用品もデリバリーサービスに頼るくらい家から離れられなくなっていた。そういう方ですから、まあ、関係ないかなって」

どうしてそれを、この男が知っているのだ。

監視していたのか？　この五年間ずっと——そう思いかけたが、それは違うとすぐに気付いた。監視していたとしたら、それは犯人のほうだ。ずっと、青山たちを見張っていたのか？　そんなことをしていたとしたら……。

過呼吸気味にしゃくりあげる女の声が、青山の思考を中断させた。

「ね、ねえ。あなた、会社……その会社は、なんでも引き受けるの？　それとも、犯罪者からの仕事しか引き受けないの？」

「依頼人は選びませんよ。身元調査はしますが」

「あなたがたからの依頼は受けられません。会社の方針で、依頼の重複は避けることになっています。ちなみに、僕を買収しようとしても無駄です」

「なぜだ？」

西脇の声は不満げだった。いくらでも払うから解毒剤を寄越せと、青年を説得しようとしていたのかもしれない。

答えるために口を開いた一瞬、義波の瞳《ひとみ》の奥で瞬く光が濃くなった。

「僕はこの仕事が好きなんです。人が苦しむ顔が見られて、お金がもらえる。だから会社には逆らわない」

三人は溜息《ためいき》を漏らした。

「じゃ、――じゃあ」

「十分だけ、時間をさしあげますよ」義波は気取った動作で回れ右をした。「僕がいたら落ち着いて考えられないかもしれないし。繰り返しますけど、僕も依頼人が欲しがっている『あるもの』の正体は知らないんです。でも、皆さんなら確実にそれを知っている。依頼人がそう言っていました。だから、思い出して、それを僕に渡してください。できれば僕としても、皆さんを殺したくないんです」

「どうしてよ？」水沢の声は、いよいよ甲高くなった。

「死体の処分に困るから」あたりまえのことをなぜ訊くのかと言っている口調だった。「面倒くさいんです。埋めに行くのも、溶かすのも。仕事は好きだけど、あれだけはほんと、重労働で」

青山は頭を抱えた。すでに何度もやっているのだ。会社の残業をこなす感覚で、この若い男は遺体の始末をしてきたのだ。

人間の死体。その白さや生々しさを思い出しかけて、青山は急いで脳裏に浮かぶ光景を散らした。

「電話は使えないようにしてあります。扉は外からロックさせました。僕の仲間に。だから無駄に動き回らず、考えてください。毒が回る前に」

張り詰めた空気の部屋に三人を残して、義波は寝室に消えて行った。

扉が閉まる。

ほどなくして、賑《にぎ》やかな音楽が聞こえてきた。寝室に備え付けられたテレビで、アニメでも観始めたのだろう。

「ふざけるな」青山は唸《うな》った。「なんで……こんな。いまさら、こんな……」

呻《うめ》き声に添うように、水沢が嗚咽《おえつ》を漏らした。その声が耳障りで、青山は奥歯を嚙《か》みしめた。そうしないと黙れと怒鳴ってしまいそうだったのだ。

「考えましょう」疲労の色が濃くなった声で、西脇が言った。「犯人が言った『あるもの』が何なのか」

「知らないわよ……！」水沢の声には嗚咽が混じっている。

青山は向かいのソファに座っている最初の被害者の親を睨《にら》んだ。

「あんた、ほんとにそんなものがあると思ってるんですか。そもそもあの男が言う会社だって、実在するのかわからない」

西脇は自分の唇に指をあてがった。

そして、寝室の扉に目を遣《や》り、前屈《まえかが》みになりながら囁《ささや》いた。その声を聞き取るために、青山と水沢も身を乗り出した。

「でももし、あの義波とかいう男が事実を話していたら、あいつは犯人を知っている」

あっ、と水沢が叫び、自分の口元を両手で塞《ふさ》いだ。すぐに手を外し、声をひそめながら言う。

「犯人を捕まえられるかもしれない。そう言いたいのね？」

「え……？　それは飛躍しすぎでは――」

だが西脇は、青山の反論など聞こえていない様子で声に熱をこめた。

「そうです。それに、あの義波とかいう男が言ったことを聞きましたか？　犯人は次の事件を計画している。今捕まえなければ、私たちのような思いをする人が出るかもしれない。だからこの状況は、考えようによってはチャンスです」

「我々は毒を飲まされているんですよ？」

死ぬかもしれないときに、未来の被害者のことを心配できる西脇が信じられなかった。

あんただって家族のもとに帰りたいでしょうと言ってやりたかった。

しかしその言葉が口を突いて出る直前に、青山は思い出した。

西脇は妻とうまくいっていないらしい。水沢は離婚している。

もしかしたら二人には、家族のもとに帰らなければという思いが薄いのかもしれない。

青山は両手を組み合わせ、強く握った。掌《てのひら》に汗が噴き出してきた。残された遺族のなかで、かろうじて家庭を保っているのは自分だけなのだ。

「生きて帰ることを考えなければ……」思わず言った。

「もちろん、そうですよ。生きて、犯人を捕まえるんです。だからまずは、その『あるもの』が何なのかを考えてみましょう」

「いや、だから――」

「犯人は子供ばかり殺していたわ」興奮気味な女の声が青山を押しのけた。「もしかして、子供が欲しいんじゃない……？」

「他の子供の、――あれを？」西脇は言葉を濁したが、ほかの二人には彼が言わんとしていることがわかっていた。「しかし、私たち夫婦には、他に子供がいない」

「あたしもそうよ」

二人がこちらを向いた。

「え」青山は握りしめた手に爪を立てた。なんてことを言うのだ。

「いや、そうじゃない」西脇は眉間《みけん》の皺《しわ》を深くした。「さっきあいつは、二番目の被害者の兄は少年院にいると言った。そっちを狙うでしょうし、私たちが捕まったことと矛盾する。犯人が欲しがっているものは、ここにいる三人だけが持っている可能性が高いと義波が言ってたじゃないですか」

「だったら、……証拠かしら？」

「証拠？」青山の声は上擦っていた。

「犯人に繋《つな》がる証拠を、被害者遺族の誰かが手に入れた、ということですか。そして証拠とは知らずに、それを持っている。だから犯人は、証拠を手に入れた人物が誰なのかわからず、確かめるためにこんな依頼をした？」

「持ってるの？　犯人に繋がる、証拠……」

女は二人を探るように見た。青山は尻《しり》をずらし、西脇は姿勢を正した。

「冗談じゃない。そんなもの持ってたら、とっくに警察に持って行ってますよ」

「でも、今あなた、それとは知らずにと言ったじゃない。考えてみてよ。何か持ってない？」

「ありえない。事件の記事を読むのだって辛《つら》くてできなかったんだ。最近じゃ、記事だって出ないけど……」

「あたしだって心当たりなんかないわ」

「だったら」二人の会話に手を突っ込む勢いで、青山は割って入った。「証拠でもないんですよ。というより、犯人が何かを欲しがっているなんてこと自体が嘘なんじゃないか？　もしかしたらこうして我々に時間をかけさせて毒を回らせて、殺そうとしてるんじゃないんですか」

「でも——さっきの若い男が言ってたわ。死体の処理は面倒だって」

「嘘を言ったのかもしれない」西脇が青山の言葉に同調した。「あんな男の言うことなんか信じられませんよ。だけど、なぜ私たちを狙うんです。今さら、五年も経ってから」

青山は急いで喋《しゃべ》った。

「犯人は次の事件を計画中だと言っていた。そのまえに、私たちをどうにかしようとしているんじゃないですかね。他の家族の話は聞いたでしょう。残っているのは我々だけのようなものだ。だから、潰《つぶ》そうとしているのかもしれない」

西脇が両手を打った。その音が大きく響き、しまったと思ったのか、彼は寝室の扉に急いで目を向けた。

扉は閉じたまま、賑やかな音楽が漏れ聞こえてくる。

「それですよ、きっと」ふたたび前屈みになって、彼は囁いた。「私たちの存在が恐ろしいんだ」

「そんなことで、あたしたちを」水沢の声には怒りが募っていた。「警察に行って、すべてを話しましょう」

「警察に行く？」青山の喉《のど》が鳴った。

「それよりも、あの男を捕まえてフロントに連れて行き、事情を話して警察に通報してもらうのがいいのでは」

「捕まえる？」

「でも、……銃を持ってるのよ」

「三対一です。銃なんて、奪ってしまえばいい」

西脇は水沢を見てから、青山をより長く見つめた。義波を取り押さえるとなったら男である青山により多く働いてもらうことになると、その目が予告していた。

青山は力なく首を振った。銃を持つ相手にそんなことをすれば、怪我をするか――下手をすれば死んでしまう危険性があるじゃないか。そのうえ、フロントまであの男を連れて行く？　そんなことができるわけがない。

唇を震わせている青山の反応など見えないかのように、西脇は続けた。

「こうしましょう。青山さんが扉を叩《たた》いて、犯人が欲しがっているものがわかった、と言うんです」

いいですねと念を押すようにこちらを見る。

「い、いや、しかし……」

「義波の体格を思い出してください。あんな痩《や》せた若い男、三人がかりならなんとかなる」握りしめた拳《こぶし》を青山のほうへ突き出して見せる。骨ばった指をしていた。格闘技の心得でもあるのだろうかと思ったが、喋り続けているので訊《き》けなかった。「私が横からあいつに飛び掛かります。おそらく銃を持って出てくるでしょうが、私がそれをなんとかして奪います。奪ったらあなたのほうに蹴《け》りますから、拾ってください」青山は同意しなかったが、場の舵《かじ》を取りつつある男は、話し続けた。「銃を拾ったら、義波と少し距離を置いてから構えて、脅してください。やつが怯《ひる》んだら私が殴りつけて、弱らせてから取り押さえます。それから……」

西脇の目が室内を彷徨《さまよ》った。

ある一点で止まる。

青山もそちらを見た。机の上に電気スタンドがあり、長いコードが垂れている。

「水沢さんはあれで義波を縛ってください。後ろ手に縛れば、反撃できなくなる」

「い、いや、ちょっと――」

青山の声などまったく聞こえないかのように、西脇と水沢は話を進めてしまう。

「仲間はどうするの？　仲間が外にいると言ってたわ」

「義波を盾にするんです。あいつに仲間に呼びかけさせて、扉を開けさせます。そしたら私が義波を盾にして、まず廊下に出ます。水沢さんは私のうしろに。最後尾は、青山さんが銃を構えてついてきてください」

「それはいい考えだわ」

「いや、しかし……そんな、うまくいくかどうか……」口の中で唱えた。

西脇は圧迫するように言った。

「うまくいかせるんです。弱気にならないでください。三人で力を合わせるんです。犯人にたどりつけるんですよ」

「——あ、……」

「そうよ、青山さん。頑張りましょう。これで犯人が捕まれば、あなたの息子さんの無念を晴らせる。それに、もしかしたら、取り戻せるかもしれないのよ。あの子たちの——あれを」

ぼかした言い方だったが、西脇は彼女に共鳴した。

「娘は、ピアノを弾くのが好きだった。……取り戻して、天国でひとつにしてやりたい」

「うちの子は、野球選手になりたいと言っていたの。バットを持てるようにしてあげたいわ」

二人は音程の違う嗚咽《おえつ》を漏らした。

青山は目を閉じた。

今朝、家を出る時に妻が向けてくれた、ささやかな微笑みをもういちど見たいと思った。五年かかってやっと笑うようになってきた彼女。玄関で手紙を渡してくれた娘。二人を今すぐ抱きしめて、すまないと言いたかった。こんなことになってすまない——再就職の誘いなんか嘘だったのに、そんなものに引っかかって。

「私は」目を開けて、はっきりと言った。二人の嗚咽が止まった。「銃を拾えばいいんですね」

「ええ。そうです。もちろんほんとに撃つわけじゃありませんから、心配しなくても大丈夫ですよ」

そこを心配しているのではなかったが、言えるわけもない。

「じゃあ、皆さん。やりましょう」

西脇が立ち上がった。


それを合図にしたように、二人はそれぞれの位置に移動した。女は鏡の前の電気スタンドのコードを取り、西脇は扉の横の壁に背中をつけた。青山だけが、時間の流れを止めようとするかのように、よろめきながらゆっくりと動いた。これからしようとしていることを考えると、脳が痺《しび》れ、涙が溢《あふ》れそうになる。

それでも寝室の前に立つと、西脇が目で合図を送ってきた。

水沢は西脇のうしろに立ち、片手に電気スタンドを握り、コードの一方をもう片方の手に巻きつけている。

「青山さん」西脇が囁《ささや》いた。「お願いします」

ああ、と青山は口の中で音を出した。何か言わなければならないのはわかっていたが、ふさわしい言葉は思いつかなかった。

ただ拳を握り、扉を叩《たた》いた。

返事はない。

いけないと思ったのだろう。西脇は声を張り上げた。

「義波さん」室内で、かすかな物音がした。「出て来てくれませんか。犯人が欲しがっているものが何か、わかりました」

内側のノブが回る音が、した。

「本当ですか？」

ほんの少し、握り拳ほどの隙間ができた。小さなものが覗《のぞ》く。義波の手ではない。

銃身だ。

青山の体に緊張が奔《はし》ると同時に、黒い筒の先から、火花が飛び出した。

乾いた小さな音。空気をなめらかに裂く音と同時に、西脇の体が倒れた。

「西脇さん！」

水沢が倒れた西脇に駆け寄った。

「皆さん、警戒心がないですね。ほんとにあなたたちだけで話をさせると思ったんですか？」

のんびりした口調が、目の前で起こった光景とあまりに不釣り合いだった。

音もなく寝室の扉が開いた。銃を手にした義波は、扉から離れたところに立っている青山を見て小さく笑った。青山が両手を挙げていたのがおかしかったのかもしれない。

西脇が撃たれたのを見たとたん、無意識に挙がっていたのだ。

「皆さんが密談を繰り広げたテーブルの下にね、盗聴器を仕掛けておいたんです。隣の部屋でずっと聞いていたんですよ。テレビの音で隠しながらね」

水沢がしゃくりあげた。

「どうしよう……西脇さんが……」

女の胸の下で、西脇はまだ動いていた。痛みに身をよじっているように見える。

「面倒くさいことでも、必要ならやりますよ」笑みを浮かべた目が、全員の顔を撫《な》でた。

「ちゃんと考えてくれたら、撃たなくて済んだのに。依頼人が欲しがっているものが何なのか」

義波の言葉が終わる間際だった。

西脇が、唐突に体を起こした。唸《うな》り声をあげながら義波に飛び掛かる。義波は本当に驚いた様子だった。振り返り、もういちど、引き金を引いた。乾いた音と火花が、数秒前を再現する。しかし倒れたのは、急に飛び起きた西脇に驚いて仰《の》け反っていた女だった。義波の指がもういちど動こうとした。その寸前、西脇の拳が、銃を握っている義波の手首を打った。黒い金属は若い手を離れて、青山から一メートルも離れていない位置に転がった。

「青山――さんっ！」

義波の腕を押さえながら、西脇は吼《ほ》えた。生命の最後の閃《ひらめ》きのような、掠《かす》れた声だった。シャツの脇腹が、赤く濡《ぬ》れて光っていた。

「撃っ――て、撃ってください！」義波の両腕を自分の脇に挟み、なんとか彼の背中を青山に向けさせようとする。義波は足を踏ん張り、男の力に抵抗していた。互角に見えたのは最初だけで、すぐに若い力が優勢になった。西脇の体を青山に対して盾のように向けながら、義波は彼の首を絞めた。恐怖に彩られた呻《うめ》き声が、西脇の喉《のど》から漏れた。

青山は、床に落ちた銃を拾った。

義波の目がこちらを見た。その両眼にはこんなときであるにもかかわらず、微笑のレンズが被《かぶ》さったままだった。

青山は両手で銃を握った。構える。腕は、震えていなかった。

「すまない」口で謝りながら、心には、ためらいはなかった。「こうするしかないんだ」引き金に指を掛けた。銃口を定めたのは、男の広い背中だ。

いちども瞬きせずに、撃った。

いちばん驚いたのは義波だったろう。

西脇と格闘していた姿勢のまま、その場で固まった。

「――え？」

微笑のレンズを嵌《は》めたままの目で、足元を見る。

そこに転がっている男には驚く間もなかったに違いない。青山が引き金を引いた瞬間、呻き声もなく倒れていた。

義波は素早く屈《かが》んだ。仰向けに倒れて目を閉じている西脇の顔に触れ、息を確認し、首に触れて脈を確かめている。その手が離れた頃、西脇の体のしたから血が流れ始めた。

義波は静かに立ち上がった。目はまだ微笑んでいたが、青山が少しでも動けば即座に飛び掛かろうとしているのが、全身から発散される緊張感でわかる。

「今の、事故じゃありませんよね」氷でできたナイフのような声だ。「あなたはすまないと言った。撃つときに。あれは、僕に言った言葉じゃない」

青山は銃を落とした。両手が、今になって震え始めた。

「そうだ。あんたじゃない。彼に――西脇さんに言ったんだ」喉が詰まり、声が震えた。眼球の両側から生温《なまぬる》いものが溢れ、景色が滲《にじ》んだ。「あんまりじゃないか。水沢さんだって――子供を殺されたうえに、こんな……こんなのは……」

滲む景色の中で、白いスーツの女が歪《ゆが》んで見えた。横向きに倒れたまま、動かない。

「どうしてだ？　なんで犯人は、こんなことをするんだ？」

「いや、これをしたのはあなたですよ」

そうじゃない、と青山は喚いた。

「なんで見捨てておいてくれなかった？　五年だぞ？　うまくいってたのに。どうして今更、欲しがるんだ？　欲しいなら、俺にだけ言えばいいだろ。それがなんで、こんなことを……」

その先は言葉にならなかった。

膝《ひざ》から力が抜けて、その場に頽《くずお》れる。涙は勝手に溢れて来るのに、心に溜《た》まった激情をぶちまけようと開いた口からは、掠れた小さな嗚咽《おえつ》しか漏れてこなかった。

かまうものか。

もうなにもかも。

ひとしきり、青山は泣き続けた。

「……あの、青山さん?」

気が付くと、義波が目の前に屈んでいた。さすがはプロというべきか、青山が落とした銃はすでに拾って、腰に挿してある。

「そろそろ話してくれませんか。あなたが毒を飲んでからもう三十分経ちました。症状が出てきちゃったら、あなたも死にますよ」

涙は止まらなかったが、萎《しぼ》みかけていた気力は蘇《よみがえ》った。

青山は開きっぱなしにしていた口を閉じ、喉に詰まっていたものを飲み下した。

覗き込んでいる義波の目の微笑を睨《にら》む。指で突かれたように、義波は瞬きをした。

「犯人が欲しいものが何なのか、俺にはわかる」

「へえ?」頰を搔《か》いた。「教えてください」

「あいつが欲しがるものだ」なぜ西脇や水沢は、そこに気付かなかったのだろう。いや、気付くはずがないか。二人は最期まで、青山も彼らとおなじものを奪われたと信じていたのだ。「犯人が、家族から奪って返さなかったものなんて、あれしかないだろう」

義波は大きく目を見開くと、ああ、と頷《うなず》いた。

「えっと、でも、そうだとすると……」

青山は立ち上がった。

「くれてやる。ついて来い」

義波は立ち上がった青山に待っているように言うと、廊下に繋《つな》がる扉をノックした。直後、扉がわずかに開いた。義波はそこから顔を突き出し、外にいる誰かに何かを囁いた。

「仲間に隠れてもらったんです。顔を見られたくはないので」

それはそうだと頷いたとき、ふと息が喉に詰まるのを感じた。不安に突き上げられ、言った。

「――解毒剤を……」

「『あるもの』を渡してくれたらさしあげます。急ぎましょう」

どこに行くのか問われたので、このホテルの駐車場だと答えた。

「車の中にある」

義波は意外そうに口元を歪めた。それはそうだろう。義波が青山の言っていることを完全に理解したのなら、そういう反応になるのは当たり前だ。

「でも、確かに、あれだな」エレベーターに乗り込んだとたん、義波は思いついたように言った。「どうしてこんなことをしたのか、不思議なんですけど」

「ああ」青山にはもう、そのことはどうでも良かった。気になるのは別のことだった。「あれを渡したら、俺は自由になれるんだな？　そう言ったよな？」

「そうとしか言われていませんから。僕は仕事以外のことはしません。たぶん僕たちの依頼人は純粋に、あなたが持っているものが欲しいんですよ。芸術を完成させるためって言ってましたから。あなたが、ほら……」意味ありげに手を動かして見せた。「盗んだから」

「盗んだ？」その言葉は妙に聞こえたが、すぐに理解した。「そうだな。盗んだことには、違いない」

「だからね、あなたのものも、自分のものなんですよ。依頼人にとっては……あ、そうか」

義波は瞬きをした。不意に笑ったが、それはいかにも若者らしい、素朴な微笑みだった。

「西脇さんと水沢さんをあなたに会わせたのも、そのためかもしれない。あの二人を、あなたにも傷つけさせることで、共通の犠牲者にしたんだ」

なんだそれは、と言いたかった。

義波はさも納得したというように頷いているが、青山にはさっぱりわからない。わかるわけがないのだ。あんな損壊を子供の遺体に加える犯人の思考など。ただ――。

「それなら……」

もう、気が済んだだろう。あれを渡せば無関係でいてくれる。犯人はもう二度と青山に関わらない。そうなれば青山はまた、あの穏やかな平和の中に帰ることができる。むしろこれだけで済むのなら、最悪とはいえないかもしれない。

エレベーターが停まり、扉が開いた。明るい光が流れ込んでくる。ホテルの構造上、客室から地下駐車場へは直接行くことができない。ロビーを通り、スロープつきの階段で降りる。

ここの柱に自分を映して、春の到来を確信してから、まだ一時間と経っていない。あのとき背後に立ったこの男のことを考えながら、青山は明るいロビーを横切った。制服姿の従業員と擦れ違ったが、呼び止めたいとは思わなかった。

階段を降り、駐車場の薄暗い空間に踏み込んだ。春の香りに満ちた空気が、排ガスのにおいに変わる。コンクリートの壁に沿って歩くと、やがて銀色の車体が見えてきた。

蹲《うずくま》るライオンのようなSUV車だ。

「あれですか。いい車ですね。ピクニックにちょうどいい」

嫌みのつもりかと思った。あの車は昔、家族が増え、出かける機会も多くなるだろうから買った車だ。もう六年近く前のことになる。悲劇が起こるおよそ一年前。青山が、今の妻との再婚を決めた頃だ。

ふと気になって、尋ねた。

「あんた、俺の家族のことをどのくらい知っている」

青年に見えないよう気を遣いながら、娘からの手紙が入っているポケットを撫《な》でた。

「依頼人から聞いたことと、こちらで調べたことだけですよ。奥様とは再婚で、前の奥さんとは相手の生活態度が原因で別れたと」

それを知っているのは当時の捜査関係者だけのはずだ。あるいは取材したマスコミと、ごく近しい身内。だが世間には知られていない。そのことは報道されなかった。

今の妻とはお互いに再婚で、子供もいた。思春期にさしかかりつつある娘が、新しい母親を受け入れるか不安だった。相手の子供は、自分の娘よりひとつ年上の十二歳。人見知りで、大人しい子だった。多感な年頃の少年と仲良くなるのは至難の業だ。それでも青山は家族が欲しかった。最初の結婚が失敗だったから、なおのことだ。

そんなことまで犯人に知られていたと思うと、いまさらながら悪寒がした。

「大変だったでしょう。お互いに子連れでの再婚は」

「そうだな。大変だった」

それを、この男が想像することはできないだろうと思った。

娘は積極的に新しい母親と仲良くしようとしたが、息子のほうは拒絶した。青山をではなく、新しい環境をといったほうが正しい。新しい妻はアパートを出て青山の戸建住宅に引っ越してきたが、そのため入ったばかりの中学校は転校しなければならなかった。息子はすぐに学校をサボるようになった。それどころか、深夜に街を徘徊《はいかい》して、補導されることまであった。母子家庭だった頃は、家事を手伝うくらい良い子だったのに。青山はそんな義理の息子を手なずけようと努力した。彼の父親になりたかった。血の繋がりなどなくても心が繋がればと、本当に思っていた。そうすれば幸せになれるのに、なぜ息子はそうしようとしないのか不思議だった。

車に近づくと、キーを出し、バックドアを開けた。

「見えるか。あれがそうだ」

トランクルームには、クーラーボックスや毛布がまばらに置かれている。それらが何年そこにあって、そしてどうしていちども本来の役目を果たさないままここにあるか、青年は気付くだろうかと考えた。

「あれですか？」指など差していないのに、彼にはどれのことなのかわかったらしい。青山が直視できないものを見つめている。トランクルームの隅に無造作に置かれている、ビニール袋。袋の塊といったほうがいいかもしれない。ときたま隠し場所から取り出して確認していたが、そのまま持ち出す勇気が出ず、家にあったスーパーの袋に何重にもくるんで持ち出してきた。「中を見てもいいですか？」

「ああ」

義波は躊躇《ちゅうちょ》の気配もない態度でトランクルームに上半身を突っ込んだ。その手元が見えないよう、青山はトランクルームに背中を向けた。意識を逸《そ》らそうと、今さらながら監視カメラのことを考えた。ここに車を停める時にも気にしたことだった。そうする必要はないような気がしたが、監視カメラの死角になるような位置に停めた。あのときの自分の行動が、まさか意味を持つなんて。

運の流れ。ロビーで考えたことを反復する。面接の誘いが偽物だったことは残念だが、どうしようもない。なにはともあれ今のこの状況を無事に乗り切ることのほうが先決ではないのか。

背後から、乾いたものが擦《こす》れあう音が聞こえてきた。袋を開け、そのなかの三重のビニール袋も掻き分けている音だと気付いた。

青山は額を拭《ぬぐ》った。そうしてから、自分が汗をかいていることを不思議に思った。まだ暑いとはいえない季節である。そのうえ地下の駐車場は、冬の空気を保存しているように冷たかった。緊張のせいかもしれない。

「見たか？」

「ええ」義波の声は静かで、動揺の欠片《かけら》もない。「なるほど、納得しましたよ」

そうか、と青山は答えた。

「わかったか」

「よくわかりました」義波の声が笑みを含んだ。「依頼人はこれを集めるために子供たちを殺していたんですもんね。あなたが依頼人の手口を盗んだのなら、その戦利品も依頼人のもの。なるほど、これがないと完成しない」

唐突に、目の前に何かが突きつけられた。

乾燥剤が詰まったビニールパウチ。そのなかで、干からびた小さなものが白い乾燥剤の隙間に見え隠れしている。義波はそれを振りながら、言った。

「あなたが殺した息子さんの遺体から切り取った、両手の指」

白い粒と茶色い指がぶつかって、音を立てていた。干からびてもなお丸みが残る親指の爪に、乾燥剤の粒が引っかかっている。

「おい、やめろ!」

叫んだ拍子に嘔吐《おうと》感に襲われて、青山はよろめいた。なんとか足を踏ん張った傍らで、義波が喋《しゃべ》り続けた。

「それにしても、よくやりましたね」義波はビニールパウチを振るのをやめた。「事件のことを調べたけど、あなたの事件だけが他の事件よりも不自然だなんてことは、まったくなかった。マスコミも、あなたが義理の父親だからといって、むやみにつつき回すこともしなかった。もっともあの事件の場合、他の家庭にもそれなりに問題があったりしたから、目立たなかったのかもしれないけど」含み笑いをする。「西脇さんなんて、浮気相手からかかってきた電話を娘さんが取っちゃって、奥さんと大喧嘩《おおげんか》したんですよ。娘さんがいなくなる前日にね」

青山は頭《かぶり》を振った。だから何だと言いたかった。家庭を築く苦労など、この男に想像できるはずがない。

「それにしても、この指、どうして取って置いたんです？　もしかして、今日のようなことが起こると想定していた？」

「……そんなわけはないだろう」

青山は目を擦った。興奮のあまり涙が出てきて、それで視界が歪《ゆが》んでいるのかと思ったが、押し付けた手は乾いたままだった。

「違うんですか？　じゃあどうして」

義波はしつこく言い募った。

「捨てたかった。だが、俺は本当の父親じゃない。それだけでも、警察は俺に目を向けていると思った。迂闊《うかつ》に捨てて、もし見つかれば終わりだ。そう思うと捨てられなかった。乾燥剤に埋めて、厳重に密封して……ほとぼりがさめたら捨てようと思い続けて、五年経った」

その作業をしていたときのことが蘇《よみがえ》り、青山は押し潰《つぶ》されるような気分になった。

切り取った指の保存方法なんて知らない。インターネットで調べようにも、事件後、警察が青山のパソコンや携帯電話をチェックしたらと思うとできなかった。ネットカフェや図書館にも、利用記録は残るだろう。仕方なしに、とにかく乾燥剤を入れて臭いが漏れないようにすればいいと、ビニールパウチに市販のシリカゲルを詰め、さらに何重にもビニールパウチで包んだ。指は次第に色が濃くなり、枯れ枝のようになっていった。

「溶かそうにも、奥様がずっと家にいるんじゃ無理ですもんね」その発想は実際、あった。けれど考えるだけでおぞましく、方法もわからないのでできなかったのだ。「ずっと持ち歩いていたんですか？」

青山は首を振った。

「そんなわけあるか。最初は職場に隠しておいた。油臭い、機械室の奥に。それから手元に戻して——」こんなことを喋っている自分が不思議だったが、警察に駆け込まれる心配がない相手だと思うと、すべてをぶちまけられることに安堵《あんど》すら覚えていた。こんな機会はもう二度とないだろう。「妻が絶対に手をつけない場所に隠しておいた」

義波の目の奥で、なにかがきらめいた。

「絶対に手をつけない場所？」

「息子の部屋だ」

それを言ったとたん、胸につかえていたものがすっと消えた。

不気味なことに、義波は歯を見せて笑い、頷《うなず》いた。クイズの答えに正解した子供のような表情だった。

「子供をなくした親は、匂いや気配が消えてしまうことを恐れて、その子の部屋を片付けられないものです。悲しみのあまり部屋に入れなくなる親もいる。いい隠し場所ですね」

「もういいだろう。それを持って行けよ」

そして俺をほっといてくれ。

そう続けようとしたのに、義波は話し続けた。

「それにしてもよく、捜査の手を逃れましたね。よほど必死に模倣しなければならないし、真犯人が俺はやってないと声明文を送る可能性だってあったでしょうに」

青山は唸《うな》った。そのとおりだ。

だが、思いついてしまったのだ。

あのニュースを聞いた時。被害者は息子と同じ年頃の少年少女、事件は青山が住んでいる地域で起きている。なんて都合の良い森だろう——邪魔な木を隠せる場所が、そこにあった。

とんでもないことだと、恐ろしくなった。しかし、いったん生まれた考えは消えなかった。妻も疲弊《ひへい》してきている。自分もいい父親を演じるのは限界だった。息子が補導されて警察に呼び出されるたび、妻の目の前であの子を殴ってしまいそうになる。このままでは結婚生活は破綻《はたん》するかもしれない。

やるしかないと思った。テレビでは識者が、この犯人は自分の快楽にしか興味がないと言った。それさえ、青山には背中を押す言葉に聞こえた。犯人は一向に捕まる気配がない。もしこのまま捕まらなかったら。あるいは捕まっても――こんな異常な事件の犯人が言うことだ。模倣犯がいるなんて、誰も信じないかもしれない。

甘すぎる見通し。しかし人はいったん都合のいい妄想をしはじめると、それを否定することができなくなってしまう。

そうして青山は、大切なもののために、本来ならその幸せの景色のなかに存在していなければならなかったはずのものを排除した。

恐怖はそのあとやって来た。なんてことをしたんだ。頑張って模倣したと言ったって、取り残しがあったかもしれない。なにより、犯人が声明文でもマスコミに送ったらどうなる。被害者の遺族を演じながら、青山は内心で震え続けた。

真犯人が何も言わずに次の殺人を犯してくれたときには、どれほど安堵したことか……。こんなチャンスをくれたうえに黙っていてくれる。青山は感謝すら捧《ささ》げた。

そして真犯人は捕まらず、時は流れた……。

「もういいだろう。解毒剤をくれ」

息を深く吸い込んだ。気道が狭くなった感じがする。

義波はビニールパウチを目の高さに掲げた。

「でも、慌てたでしょうね。娘さんが急に、息子さんの部屋を掃除すると言いだしたときには」

吸い込んだ息が、肺の中で固まった。

瞬きを繰り返しながら青年を見た。

「おまえ……誰だ？」

まさか、と思った。

なぜ、娘がそう言いだしたことを知っているのだ。よりにもよって今朝。それがなければ、これを持ち出すこともなかった。

「僕は義波です」若い男は静かに答えた。前髪の隙間から青山を見る。

その目を見た瞬間、青山は「違う」と呟《つぶや》いた。

いやもちろん、別人であるはずがない。ずっと一緒にいたのだから。だがほんの一瞬とはいえ、別人に変わったかと錯覚したのは、彼の目から微笑が消えていたからだ。その下から現れた瞳《ひとみ》は、本物の氷そっくりに冷たく、一切の感情がなくなっていた。

「すごいことですよ」義波は繰り返した。「自分で殺して、悲しむふりをして見せて、娘のまえでは何度も、あの子も生きていれば幸せだったのになんて言う。一緒に幸せになりたかったって。純粋な娘さんですね。お父さんとお母さんを悲しませ続ける犯人に復讐《ふくしゅう》するためなら、アルバイトで貯めたお金を全部使うなんて言うんだから。そんな子だから、僕のアドバイスもすんなり聞いてくれたんだ。お父さんとお母さんが立ち直るには、きっかけが必要だよ。たとえばお兄さんの部屋だけど、そろそろ片付けてもいいんじゃないかな。お父さんが面接を受ける日にやってみるのはどうかな？　新しい人生が始まる気分になって、きっと落ち着いて面接を受けられるよ」

言葉に殴られた気がした。

激しい眩暈《めまい》が、体の平衡感覚を崩した。膝《ひざ》が崩れる。体勢を立て直す暇もなく、トランクルームの角に額をぶつけた。衝撃は感じたが、痛みは感じなかった。

「な……何、……」

「ほんとは、高校生のバイト代くらいじゃ払えない金額なんですけどね、うちの会社の依頼料は。でも女の子の純粋な願いを無視するわけにはいかないと判断されました。なにしろうちは、復讐代行業ですから」

視界が大きく揺れた。

今なんと言った？

復讐代行業。復讐……？

「誰の――何への……」

聞こえていないのか、それとも無視したのか、男は続けた。

「僕たちはチームです。部屋で会った二人も、本物の被害者遺族じゃない。残念だけど真犯人のことも知らない。依頼が来ないから、動けない。ほんとに、こういうのは縁というか、運です。あなたが本物の被害者遺族だったら良かったのに」

運。その言葉が青山の胸を締め付けた。

義波が湿り気のある溜息《ためいき》をこぼした。本物の涙の前触れだったのか、演技なのかはわからない。ただ一瞬のちには、彼の声はふたたび感情を削《そ》ぎ落とした響きを取り戻していた。

「上手《うま》かったでしょう、あの二人の演技。それに、小細工も。銃には弾なんて入ってません。撃たれたふりをしてもがきながら、あるいは仰向《あおむ》けに倒れたときに、服の下に仕込んだ血糊《ちのり》のパックを破裂させただけ。あなたがなぜ西脇さんを撃ったのかわかりますよ。あの二人、いえ、一人でも生きて逃げたら、その人は警察に駆け込む。もういちど捜査されたら、今度は見破られてしまうかもしれない」義波は首を傾げた。青山は混乱が押し寄せ、さらに力が抜けた。「そろそろ動けなくなってきたかな？」

「くすり……解毒剤を――」

「あの二人にはもちろん何も飲ませていません。あの二人にはね」

義波は、冷たい床にへたりこんでいる青山の脇に腕を差しいれた。若い腕はその細さにもかかわらず、七十キロある青山の体をやすやすと持ち上げた。

「お嬢さんからのご依頼は、義理の兄を殺した犯人を彼とおなじ目に遭わせて欲しいというものです。僕たちは改めて、当時の状況を調べ直しました。あなたは本当にうまくやったと思う。あなたがいちどでも警察の捜査線上に浮かんだのかどうかは、わからない。僕たちは警察とは違う角度で事件を見てみたから」義波は片手で青山の胸を押さえた。「心の動きを考えました。この事件だけ犯人が違うと、最初から決めつけたわけじゃない。ただあなたには動機がある。お嬢さんも、そしてたぶん奥さんも、あなたをいい父親だと思い込んでいる。でも僕たちの仲間は、そうではないかもしれないと考えた。そして、そうではないのなら、あなたはまだ息子さんの指を持っているかもしれないとも。確かめるために、いちどあなたのお宅にお邪魔させていただきました」義波は爽《さわ》やかに笑った。「やっぱり、ありましたね。子供部屋に」

悪寒が走り抜けた。知っていて、言わせたのか。子供部屋に指を隠したことを……。

青山の足が浮いた。なんとか逃れようと腕を動かした。大きく振り上げるつもりだったのに、手首がかすかに動いただけだった。

「しかしまあ、息子さんが使っていた鉛筆削り器の削りかすの中に隠すなんて、よく思いつきましたね。そこまでは僕たちの仲間にも想像できなかった。あれを見て僕もこりゃ相当な人だな、と思いましたけど、それでも事情が事情なので、あなたをテストしようということになりました。もし自供してくれたら、お嬢さんに事情を話して、お嬢さんが許すと言えばそれで終わらせようと。でもあなたは、また自分のために人を殺した。わかります？　偽物の西脇と水沢の存在は、あなたへのテストだったんですよ」

「し、仕方が――なかったんだ……みんなで、しあわせになる、ため――」舌がもつれた。痺《しび》れたように、喉《のど》が震えている。

「みんなの幸せのため？」義波の笑う声が頭に響いた。「嬉《うれ》しいなあ、この期に及んでまだそんなたわごとが吐けるなんて。これで心置きなく仕事ができますよ」

動くこともできないまま、トランクルームに放り投げられる。握ったままだったキーを取られた。

はみでた足を押し込み、何かを青山の顔の上に振りかけてから、義波はバックドアを閉めた。目の前が暗闇に塗り潰《つぶ》される。顔に小さなものが降りかかった。乾燥剤の小袋だ。青山は顔を振った。袋とは違う感触の細長いものが、口元まで滑り落ちてきた。

義波の声が遠くから聞こえてくる。電話をかけているらしかった。

「あ、もしもし、カズキくん？ 彼女も一緒だね？ うん、いま終わったところ。これから処理に入る。そっちの準備はできてるかな？ 今から行くから、よろしく」

呼びかけた相手が誰なのかはわからないが、義波の仲間なのだろう。考えたくもない仲間だ。ましてこれからそいつらと行う処理とやらが何なのか、想像すらしたくない。

おい、待て。青山は叫ぼうとした。娘が依頼した？ 兄を殺した犯人を同じ目に遭わせろと。俺だとは知らずに？ もちろん知らないだろう。知っていたら……。

「——……お……」

なんとか、声を出したかった。

こう言いたかったのだ。

おい、言うのか。娘に言うのか。それはやめてくれ。俺が依頼人になる。金なんかいくらでも払う。だから助けてくれ。

青山の心の声が聞こえたはずはないのに、バックドアの外から義波が叫んだ。

「言ったでしょう。あなたからの依頼は受けられない。それに、今日は早く終わらせなくちゃ。夜には次の依頼人に会うんですよ。お兄さんをいじめっ子に殺された妹さん。この子もきっといい子ですよ。あなたのお嬢さんみたいにね」

口は開いたまま閉じることもできなくなった。せめてもと深く息を吸おうとすると、口元に触れていた何かが舌にくっついた。

干からびたそれに、味はなかった。

04 コールド・ケース

溜息《ためいき》をつくと、それが白く凍った。月明かりに透けた吐息は輝くようで、見ているうちに抑えていた感情が噴き出しそうになり、思わず足を止めた。

「朝美《あさみ》？」数歩離れて前を歩いていた男が振り返った。長めに切りそろえた前髪が揺れている。腰を捻《ひね》った拍子に、ジーンズの尻《しり》ポケットから小さなものの先端がのぞいた。

朝美は顔を背けてしまった。「どうした？」

その問いかけには答えられなかった。ただ焦燥感が胸に絡みついてくる。

俯《うつむ》いた朝美に、男は穏やかな声色で続けた。

「気にしてるのか？　初めてだったんだから、仕方ないよ」

その「初めてだったこと」が何だったのか、彼はわざと言わなかったようだ。

朝美は、握っていたスーツケースの引手を強く握りしめた。

「……でも」言葉と一緒に、胸の内でくすぶっていた感情が溢《あふ》れだした。月明かりに照らし出された男の顔を見る。朝美と同い年である男の顔は、普段はいくらか幼く見えるくらいなのに、今は十年も長く生きている大人の顔に見えた。「私が、やらなきゃならない仕事だったのに……」

あなたにやらせてしまった。続く言葉を呑《の》みこんで、スーツケースを振り返った。

私は今夜、人殺しになる。

そんな覚悟を持って出かけたというのに、肝心なところで躊躇《ちゅうちょ》してしまった。怯《おび》えてしまった自分の姿が蘇《よみがえ》る。できると思ったのに、やらなければいけなかったのに、縮みあがってしまった。まるでそうなることを見越していたように彼が素早く動いたことがまた、朝美の気持ちをくしゃくしゃにした。

「それ」男の視線が、朝美が引きずっているスーツケースを指した。「やっぱり、僕が持とうか？」

「いいえ」朝美はさらに強くスーツケースの引手を握った。小さな車輪が地面を擦《こす》り、中で何かがぶつかり合う音が聞こえた。その音が朝美に新しい緊張を与えたが、ぐっとこらえ、できるだけ強い声を出した。「私が持ちたいの。せめて、このくらいは」

朝美は無言でスーツケースを自分の体に引き寄せた。

それだけで、男は朝美の気持ちを汲《く》んでくれたのかもしれない。小さく笑うと、

「わかった。じゃあ、行こう」

男が歩き出したので、朝美もふたたび歩き出した。足音とスーツケースの車輪が地面を嚙《か》む音とが、並んで響き始めた。

なんとなく、周囲を警戒してしまう。

夜の底に沈む景色は、暗闇の布団を掛けられたように静かだ。数日前に降った雪が残

る畑が、連なる山並みを背景にして神妙に広がっている。人間の暮らしを入れておく箱は、その隙間にぽつぽつと点在しているだけだ。朝美は思わず身震いした。ふだん人工的な建物に埋め尽くされた都会で暮らしている彼女には、人間よりも自然のほうが領土を持っているこの景色はどこか恐ろしい感じがした。正常な感覚の持ち主なら、スーツケースの中身のほうを恐れるべきなのかもしれない。そうならない自分は、やはり、新しい世界に足を踏み入れたと考えていいのだろうか。それとも、ただ、感覚が麻痺《まひ》しているだけだろうか。

「バス停まではどのくらいかな」男の声は相変わらずほがらかだった。さっきやり遂げたことなど、日常の雑事のひとつであるとばかりの、余裕のある態度だ。「どうせ明け方まで待つんだから、ゆっくり歩けばいいけど。足、痛くない？」

それは大丈夫だけど……、と口の中で呟《つぶや》いて、朝美はスーツケースを振り返った。海外旅行に行く女性が持つような、派手な花柄の大型のスーツケース。いかにも遊びに行くためのものに見える派手なのがいい、と言われたからこれにした。今夜のために買ったものだから傷ひとつついていない。

朝美は顔を前へ向けた。

わずかな街灯に照らされた夜道が続いている。その暗闇を見ているうちに、ここまで我慢していた質問が口を突いて出てしまった。

「……こういうこと、よくあるの？　こんなときに偶然、車が故障するなんて……」

「悪い偶然なんていつでも起こりうる。怖がっちゃいけない」

できるだけ明るく喋《しゃべ》ろうとしているのがわかる口調だった。

こみあげてきた反論を、朝美は呑みこんだ。

悪い偶然。そう言いきってしまえば簡単だ。でも彼は、車が動かないとわかったとたん、あきらかに顔を曇らせた。それはつまり、こういう場面に朝美よりも慣れているはずの彼にとっても、珍しいできごとだということだ。ここに来るまでは問題なく走っていた車が、突然、動かなくなるなんて。

嫌な感じがする。この悪い偶然が、もし——。

朝美の足がふたたび止まった。

白い光が暗闇を切り裂いたからだ。タイヤが地面を噛む音が近づいてくる。背後から車が来たらしい。

前を行く男も同時に足を止めた。彼はすぐに振り返り、朝美に目端で合図すると、またすぐに歩き出した。朝美も彼に倣《なら》ったが、いちど高まった緊張は途切れることがなかった。

あそこを出てから——このスーツケースを引きずり出してからずっと、田舎の夜道を彼と二人だけで歩いていた。車に出会うのはこれが初めてだ。

朝美は俯き、車道とは反対の方向に顔を向けた。ハイブリッド車なのか、エンジンの音は静かだ。車のヘッドライトは月明かりとは比べものにならない下品な白さで朝美たちを照らし続けている。スーツケースの花柄が運転手の気を引くかもしれないと不安になった。時刻は深夜を越えて明け方に近い。こんな夜道を若い男女が歩いている。運転手の記憶に残らないか心配だった。

タイヤの音が重く、緩やかになった。車が速度を落としたのだ。

前を行く男が一瞬だけ、朝美を振り返った。朝美も彼を見た。お互いに何かを言おうと口を開いたとき、聞き覚えのない女の声が邪魔をした。

「ねえ、あなたたち」若くはない女の声と一緒に、銀色の車体の鼻づらが視界に入った。

「どうしたの、こんな時間に」

朝美は女の声に顔を背けながら奥歯を嚙みしめた。

悪い偶然が重なったらどうしよう。その不安が、的中してしまった。

咄嗟《とっさ》に顔を背けた朝美と違い、男はすぐに答えた。

「バス停まで行くんです。長距離バスに乗るんで」

アクシデントだったはずなのに、男の声に狼狽《ろうばい》はない。

そっと目を上げると、彼は朝美を肩で隠すようにしながら、話しかけてくる女に顔を向けていた。

朝美は心臓が震えるのを感じた。彼が堂々と相手に顔を見せたことが、なんとなく不吉に思えたのだ。

あらまあ、と女が心配げな声を出した。

「いま午前三時よ？　バス停でずいぶん待つんじゃないの？」

「あー……」男の声が笑いを含んで伸びた。考えているのだと、朝美にもわかった。

「まあ、そうですね」

沈黙が落ちた。

女がこちらを見ていると、朝美にはわかった。真夜中に男女が歩いていて、女が男のうしろに隠れていれば、なにがしかの疑いを持つのは自然だろう。

朝美はわずかに残っている勇気を絞り出し、そっと相手を見た。車内に明かりはないが、それでも濃い化粧をしているとわかる中年の女だった。唇がラメ混じりの赤色に輝いている。それなのに着ているものは黒いスウェットのようで、そのバランスの悪さがまた、朝美の心に引っかかった。

奥の運転席にはもう一人、女が座っているようだった。朝美の角度からは顔が見えないが、黒いレギンスに覆われた引き締まった太腿《ふともも》がミニスカートの裾《すそ》から覗《のぞ》いていた。

青いニットの胸元に、長い巻き髪が流れている。

中年の女は、朝美のほうを探るように首を伸ばしながら言った。

「バス？　どこまで行くの？」

男は一瞬、間を置き、呼吸するのを止めた。それから、いっそう穏やかな声になって続けた。

「東京です。空港に行くんです」

地面を見つめたまま、朝美は動かなかった。本来の目的地は東京ではない。正確には、他の場所に寄ってから東京に戻る、そういう計画だった。立ち寄る場所は埼玉県の秩父《ちちぶ》地方だ。彼がなぜいきなり東京と言ったのか、出かける前に見た地図を思い出せば簡単にわかった。朝美たちが今いるのは山梨県だ。東京に出るには、高速道路を使うこともできるが、有料道路と国道を使って秩父を経由することもできる。そしてこの先には、有料道路の入口料金所があるのだ。

「あたしたちは中野まで行くのよ。そこまでで良かったら、乗せてってあげましょうか？」

朝美はスーツケースの引手を握りしめた。

そっと目を上げて、男の横顔を窺《うかが》った。口元に浮かべた笑みが、どこか冷たい感じがした。

「いいんですか？　見ず知らずのぼくたちを」

「もちろんよ」女はすぐに答えた「うしろに乗って。こんな寒い中、明け方までバスを待ってたら風邪ひいちゃうわ」

「すみません、ありがとうございます。助かります」

彼はお礼を言い、頭を下げた。

そのまま後部座席のドアに手をかける。

朝美は思わず男の手を摑《つか》んでしまった。そうしながらも、彼の目を見ることができなかった。

男がかすかに笑う気配がした。朝美が不安になっていると思ったのか、素早く、やさしい声色で囁《ささや》いた。

「大丈夫、ぼくがなんとかするから」


「リョウコちゃん、トランク開けてあげて」

後部座席のドアを男が開けた途端、助手席の女が言った。

リョウコというのが、運転席の女の名前なのだろう。

朝美は咄嗟に顔をあげた。

「あの、でも」

「ありがとうございます。助かります」

男は朝美の言葉を遮って、スーツケースの引手を奪った。そのまま車の後ろに回り込み、開いたトランクに載せようとする。

慌てて駆け寄りながら、朝美は小声で言った。

「どうして。だめだよ。これは――」

「気にするな。ただの旅行用の荷物が入っていると思えばいい」

「でも……」

「それに、邪魔だろう。こんなの足元に置いておいたら……、そのときにさ」

より低く囁かれた一言が、朝美の呼吸を一瞬、止めた。

男は歯を覗かせて笑い、

「一人じゃ重いから、手を貸して」

言われるまま、朝美はスーツケースをトランクに載せるのを手伝った。重いのはもちろんだが、中でぶつかりあう金属の音が車内の二人に聞こえはしないかと不安になる。使うはずだった車が壊れたとき、スコップや金槌《かなづち》を別のバッグに入れるか、それともスーツケースに一緒に入れるか迷って、朝美の提案で中に入れることになった。車の中に置いてきたもうひとつのバッグに納めるには大きすぎたからだ。それを今更ながら後悔した。

いっぽう男は、音などまったく気にしていない様子でトランクを閉め、朝美の手を引いて座席のドアを開けた。

戸惑う朝美の背中を押して先に乗り込ませ、自分も滑り込む。朝美は彼がドアを閉める寸前、ジーンズの尻《しり》ポケットからのぞいていたものを押しこんだのを見た。

「いい？　じゃあ、行きましょう」

車が動き出してしまった。

朝美は顔を伏せたまま、そっと深呼吸をした。外の冷たい空気に慣れた喉《のど》に、暖房で温められた空気が突き刺さり、思わず咽《むせ》てしまった。

「あら、彼女大丈夫？」

助手席の女が振り向く音がした。

「大丈夫です」すくみあがった朝美の代わりに、彼が返事をしてくれた。

男の手が朝美の手首を摑んだ。落ち着かせようとしているのだとわかり、実際、心が少しだけ緩んだ。

「ナビ、壊れてるんですか」

男が指摘した。

見ると確かに、カーナビの画面は暗く沈んでいた。

「そうなの。でもこのへんは何度も走ってるから、心配しないでね」助手席の女が振り返った。アイラインで縁取られた目が動いて、朝美と男を交互に見る。朝美はなんとか愛想笑いを浮かべようとしたが、頰は強張《こわば》ったままだった。「あたしは優子《ゆうこ》、こっちは涼子《りょうこ》。よろしくね」

運転席の女の肩を叩《たた》く。そっと視線を横に滑らせると、バックミラーに映った若い女と目が合った。こちらも派手な化粧をしているが、通った鼻筋やすんなり流れる輪郭を見ると、化粧をすべて拭《ぬぐ》い去ってもかなりの美人だろうと思った。

女は朝美と目が合うと、目元で微笑んだ。顔立ちは助手席の女とは似ていないが、人の好《よ》さそうな笑顔はそっくりだ。

朝美は問いかけるつもりで、隣の男を見た。男はこちらを見ない。まさか、という思いと、でも、という疑問が交差する。まさかそんなことまでは……しかし今夜が始まるまえ、彼は確かに言った。誰にも見られないように。もし誰かの記憶に残るようなことがあれば、その人も——。

「ぼくはコウイチ、彼女はレイコです」横顔で微笑みながら、彼は言った。

朝美は声をあげそうになり、慌てて口を閉じた。

彼が使ったのは、もちろん偽名だった。偽名を使うこと自体は当たり前だが、今の名前は、彼があの男のまえで口にした偽物の名前とも違っていた。朝美の名前も隠した。そのことにどんな意味があるのか、朝美には判断できなかった。

「二人はカップルなの？」女は能天気な口調のまま訊《き》いてきた。

「ええ」男は朝美の手を握り、バックミラーに映るように持ち上げて見せた。

「あらあ、いいわね。ねえ、涼子ちゃん」

粘り気のある声色で言って、助手席の中年女は運転席の女を見た。かすかに含みを持たせた色だった。それがまた、二人の親密さを感じさせた。

「お二人は、親子ですか？」

中年女は高い笑い声で応《こた》えた。

「そう見える？」運転席を指差す。「この子があたしの娘だとしたら、ずいぶん若い頃に産んだことにならない？」

もちろん冗談を言っているのだ。助手席の中年女は、運転席の若い女の母親として通じる年齢に見える。

運転席の女は、黙って笑っていた。

「中学生くらいでママになったんですか？」

男の冗談に、中年女はもういちど声を出して笑った。少し金属質な笑い声だ。

「ママになったのは、二十三のときよ。それでもこの業界じゃ、ずいぶん早かったわ」

へえ、と男が相槌を打った。

中年女は気付かなかっただろうが、男の声にはかすかな喜色が張り付いていた。何を喜んだのか、朝美にはわかった。女が自分の素性を話し始めたことを嬉《うれ》しく思っているのだ。

朝美は腿の上で両手を握りしめた。彼が二人の背景を探っている。それの意味するところを考えると、平静ではいられなかった。

女は呑気《のんき》に話し続けている。

「最初は六本木《ろっぽんぎ》のお店だった。次に新宿《しんじゅく》に移ってね。まあなんとかやってきたんだけど、あたしもそろそろ都会はきつい歳なのよ。それで故郷に小さい店でも出してゆっくりしようかなって思ってね。この子はついて来てくれるって言うから、一緒に下見してるの」

「そうなんですか」声のなかの朝美にしか聞き取れない喜びの色が、一段と濃くなった。

「ご主人は一緒じゃないんですか？」

「主人はいないのよ。若い頃に結婚してたんだけどね、うまくいかなかったの」

「ああごめんなさい」いくらか口調を早くした。「あの、その新宿のお店って、大きいんですか？」

朝美は掌《てのひら》に汗が滲《にじ》むのを感じた。男は、女たちに見せるために繋《つな》いだ手を下ろしたあとも、朝美の手首を握り続けていた。励ましてくれるためだけにそうしているのかと思っていたが、今は別の意味があるとわかった。男の指の腹はちょうど朝美の静脈のうえにある。朝美の緊張を、脈拍を通じて測っているのかもしれなかった。

朝美の動揺にも、もちろん男の魂胆にもまったく気付かない様子で、中年女は続けた。

「そんなでもないわよ。昔は派手にやってたけどね。今は女の子も、この子の他にはバイトが二人いるだけ」

「へえ、そうなんですか。行ってみたいなあ」

「そんなこと言っちゃっていいの？」突然、運転席の女が口を挟んだ。耳に甘い声だったが、男を責める響きが混じっていた。「彼女の前なのに」

「あらべつにいいじゃないの。彼女と一緒に来てもいいのよ？　うちはカップル入店オーケーなんだから」

そうなんですか？　と男が穏やかに答えた。運転席の女は、バックミラー越しに鋭い一瞥《いちべつ》を投げて来た。朝美は思わず肩をすくめた。

若い女はさらに問いかけてきた。

「二人はこれから旅行？　どこに行くの？」

「涼子ちゃん」中年の女が素早く割って入った。「野暮よ」

「気になるんだもん」涼子はそっと隣の女を見た。拗《す》ねるような口調だが、質問をやめる気配はない。「だって、女の子に荷物を持たせてた。あんな大きなスーツケース。しかも、荷物はひとつだけなのに」

跳ねかけた朝美の手の甲を、男の指が押してシートに押し付けた。

「交替で運んでいたんです。五分ごとに交替する約束で」男は朝美を見た。頷《うなず》かなければならない気がして、朝美はなんとか顎《あご》を引いた。「でも確かに、マナー違反だったな」

「あらいいじゃない。男女平等。いいことよ。ごめんね、この子、最近彼氏と別れたもんだから、いろいろと敏感なのよ」

「ママ」

運転席の女が鋭い声を出したが、中年女はその肩に触れながら早口で喋《しゃべ》りつづけた。

「あんたも少しは見習いなさい。この子ってば相手が遅刻するのは許さないくせに自分は三十分も四十分も平気で待たせるんだもの。だからすぐ別れちゃうのよ」

「それ以上言ったら車ごと崖《がけ》からダイブしてやる」

どんな顔をしたらいいかわからず、朝美は俯《うつむ》いた。男の指が朝美の手の甲を離れ、ふたたび手首に触れた。そうだったんですか、大変でしたね、と同情的な声色で話している。無害な青年の口調だった。そうなのよ、いい男を紹介してやってくれない？　と中年女が本気混じりの笑い声をあげる。

彼が今、頭の中で何を考えているかを知ることができたら、そんなふうには笑えないだろう。そう思いながら朝美は、汗が滲む掌をシートに擦《こす》りつけた。


住宅と山並みの景色を過ぎて、車は料金所を通り抜けた。

明るい月夜の下に、恐竜の化石のように横たわる鉄の橋が見えてきた。

「あの、ぼくら、半分出しますよ」

「いいわよ。どうせここを通ることになってたんだから」

「すみません、ありがとうございます」

「ううん。ところで……」女は少しだけ口調を変えた。「彼女、レイコちゃんだっけ。大丈夫？　さっきから、ずっと黙ったままじゃない？」

えっと叫んで、思わず顔をあげた。

助手席の女は限界まで体を傾けてこちらを見ていた。若いほうの女も、バックミラー越しに朝美を見ている。二人に観察されているような気がして、朝美は慌てた。

「え、あの、いえ——」

「こいつ、車が苦手なんです」男がすぐさま声を出した。「車酔いしやすくて。だからずっと黙ってるんです」

「もしかして、タクシー呼ばないで歩いてたのも、それが理由？」運転席の女が言った。

「あの、はい、そうなんです」朝美は急いで言った。「バスに乗ったら寝ちゃえばいいと思って、酔い止めも飲んでなくて。ごめんなさい、でも大丈夫ですから」

「あらあ、それは悪いことしたわね。強引に乗せちゃって」

「強引だなんて、そんな。むしろ助かったくらいです。それに、こいつもまだ酔ってないし」

なあ、と男が朝美を見た。朝美は頷いた。中年女は腰を捻《ひね》って振り返り、若いほうの女はバックミラーをちらちらと見ながら、どちらもよく似た眼差《まなざ》しをこちらに向けている。

「大丈夫です」その目に向かって、朝美は言った。とにかく少しでも不審がられるのを止めたかった。

「気分が悪くなったら、すぐに言ってね」

そう言って中年女は体を前に向けた。若い女も目を前方に向けた。二人の親切心が、朝美にはつらかった。


車はトンネルに入った。ずいぶんと長いトンネルで、オレンジ色の光が延々と続いている。

　その光に飽きたように、助手席の女が溜息《ためいき》をついた。

「なんか、トイレ行きたくなってきた」

「ええ？」若いほうの女が大げさな声を上げた。「早く言ってよ。トンネル抜けるまで止まれない」

「このオレンジの光がいけないのよ。歳を取るとちょっとのことで膀胱《ぼうこう》が緩むの」

「下品なこといわないで。ママ」

　女たちは束の間、日常の空気に戻って笑い合った。

「この先は、ちょっと山道が続きますよ」男がなごやかに口を挟んだ。「休憩エリアはだいぶ先になるんじゃないかな」

「あなた、この道詳しいの？」

　朝美は目をあげて、男を見た。

　彼は表情を変えなかったが、朝美の手首に触れている指が骨のうえをさすった。

「何度か走ったことがあります」

「そうなの。あたしも、あるにはあるんだけど」

「ママはいつも寝ちゃうから」溜息混じりに言った若い女の肩を、中年女はいくらか力をこめて叩《たた》いた。若い女は盛大に顔を顰《しか》めた。「しばらく行けばトイレくらいならあったと思う」

「ええ。見晴らし台とかありますもんね」

「じゃあしばらく走って。なるべく速くね」中年女はシートに寄り掛かりながら横柄に言った。

朝美は隣に座る男を見た。トイレに寄る、つまり、車を停めるということが、何かこの事態に展開をもたらすような気がしたのだ。彼が何をしようとしているとしても、そのまえに彼と話をしておきたかった。だがそれには、二人きりにならなければならない。そういう意図をこめて彼を見たのだが、男は窓の外に視線を向けたままこちらを見なかった。

トンネルが途切れ、外に出た。そこは山間《やまあい》の道で、休憩エリアどころか空き地もない。昼間、ここを車で通ったときのことを朝美は思い返した。緊張のためにほとんど外を見ていなかったが、緑と空の青ばかりだった気がする。

わずかだが車のスピードがあがった。道は細いが、昼間と比べると圧倒的に通行量は少ない。対向車もなかった。

「あれ、トイレかな」運転席の女が声をあげ、暗闇の向こうを透かし見るようにした。

「ああ、そうかもしれないですね」

朝美は首を伸ばして男の視線を追いかけた。

くねった道路の先に、人工の白い明かりが見える。パーキングエリアではないようだ。もっと小さくて狭い。

運転席の女は徐行させながら進んだ。自動販売機の白い光が、暗い山道の隅に見えてきた。傍らには小屋が建っている。手描きの果物の看板がヘッドライトに浮かび上がった。土産物屋のようだ。店先には板戸が立てかけられ、人影はない。小屋の向かいには、工事現場などで見かける簡易トイレが、木立の隙間に埋もれるようにして立っていた。

「あらあ、ちょっと汚そうね。でもまあ、いいわ」

車が停まるとすぐに助手席の女は飛び出して行った。

運転席の女が問いかけてきた。

「私も行ってくる。あなたたちは、どうする？」

朝美は急いで息を吸い込んだが、先に男が答えた。

「ぼくたちも外に出ます」

男に手を引かれるまま車から降り、運転席の女がトイレに向かうのを見守った。先に走り出した中年女は、ひとつしかないトイレの中にとっくに駆け込んでいた。

男は朝美を自動販売機の前に連れて行った。車内が暖かかったおかげか、外に出てもすぐには寒さを感じなかった。

「あの、――」

「何か飲む？」男は素早く遮った。ふたりぶんの小銭を投入していく。「おごるよ」

「……ミルクティー、あったかいの……」

朝美は周囲を見渡した。深夜の国道を、トラックが一台、通過していった。そのあとは走る車もない、黒く塗りつぶされた天然の闇に戻った。葉擦れの音がうるさい。

振り向くと、男がミルクティーのボトルを差し出して立っていた。

「ありがとう」受け取ってキャップを開け、口をつける。温かい液体が喉《のど》を落ちていくのを感じてから、自分用に買ったコーヒーのプルタブを開ける男に慎重に尋ねた。「あの二人だけど――その、どうするの……？」

「逃がすよ」

意外な返事だった。

ボトルが揺れて飲み口から熱い液体が跳ね、手にかかったが、それさえ気にならなかった。

男は口端を横に引いた。

「殺すと思った？　あのね、ぼくとしても、余計な殺しはしたくないんだ。処理する死体は少ないほうがいい」

「顔を、見られてるのに……？」

「そうだ。顔だけ。名前は知られてない。今ならまだ、大丈夫」

朝美はトイレのほうを窺《うかが》った。長い髪の女はまだ戸口に立って、足踏みを繰り返している。冷たい夜風が吹き抜ける音のほうが大きくて、女の靴底が地面を踏みしめる音は聞こえない。

朝美は囁《ささや》いた。

「……スーツケースの死体の処理はどうするの。このまま東京まで行ったりしたら……」

男は朝美の肩を抱きこんだ。トイレに背を向けて、囁きではないが抑えた声で話した。

「東京まで行ったら、ぼくがひとりでスーツケースを秩父まで運ぶ。君は最初の予定のとおり帰ればいい」

「一人で？」朝美は男から聞いた死体処理の方法を思い返した。顔を潰《つぶ》したり歯を砕いたりはもちろんだが、それよりも一人でこんな重いものを持って山道を歩くなんて。

「そんなの無理」

男は目を伏せた。そのまま言葉を切ったので、朝美は彼が何かとても重要なことを言おうとしているのだと気付いた。

「……ずっと、考えてたんだ」朝美を見た。「君には、こんなことできないんじゃないかって」

目をあげた。探るような、朝美の瞳《ひとみ》に浮かぶ本心を読み取ろうとするかのような目つきだった。朝美は首を振った。弱々しい動きになってしまった。

「今夜の仕事は」男は言いにくそうに続けた。でいた。前からそう言ってきたからと。朝美もそれに合わせているが、実はいまだに、
そんなふうに呼ぶことに慣れていない。「君がやるはずだった。ぼくはあくまでも、サポートだけのはずだった。そうだろう？」

「——そう、だけど……」唾《つば》を飲みこむ。

涙がこみあげてきた。そのとおりだ。本来は、朝美がしなければならないことだった。打ち合わせしていた通り、二人で標的の家に上がり、隙を見て朝美が近くにあった灰皿で獲物の頭を殴った。渾身《こんしん》の力をこめて振り下ろそうとしたのに、躊躇《ちゅうちょ》してしまった。獲物は怪我をしたものの、動きを封じるまでには至らず、朝美に襲い掛かってきた。間一髪のところで獲物の背後から腕を回し、首を絞めて殺したのは彼だった。その後もショックで動けない朝美を休ませて、死体をスーツケースに詰め、現場の後始末まで彼がすべてやってくれた。

「君には、これ以上のことは無理だ」静かだが、強い声だった。「残りの仕事はぼく一人でやる。君は戻るんだ」目を伏せた。

「そんなのだめ」肩を捻《ひね》り、男の手を振り落とした。相手の胸に拳《こぶし》をあてて向かい合い、はっきりと言った。声が大きくなったが、気にしてはいられなかった。「私も一緒にやる。殺せなかったぶん、せめてあなたと死体の始末をする。顔を潰すくらい、やれるわ」

「いいか、朝美――」

「聞いてよ。和樹《かずき》！」

「かずき？」

二人の動きが同時に止まった。

信じられないほど近くから、女の声がしたのだ。

示し合わせたように、同時に背後を見た。長い髪の女がいつの間にか、すぐうしろに立っていた。

「……あさみ、って誰？」

女は疑問でいっぱいの目を動かして、朝美たちを交互に見た。


凍りつくほど驚いたはずなのに、和樹の反応は早かった。

「あ、何ですか？」一瞬で声を柔らかくしている。

「……これを渡そうと思って」女は車のキーを差し出した。「ママがなかなか出てこないし、外は寒いから、良かったら先に車に入ってて」

「ありがとうございます」

和樹は差し出されたキーを受け取った。ごく自然な動作だが、女の目に溢《あふ》れる疑問は消えなかった。

背中に汗が流れた。名前を聞かれた。よりによって、名前を――苗字はまだ聞かれていない。それでも二人を逃がすいちばん大きな理由が消えたことに変わりはない。

女は後退《あとずさ》りして、トイレのほうに戻って行く。すぐに背中を向けたが、途中で確かめるようにこちらを振り返った。朝美たちが見ていることに気が付くと、慌てたように顔を背けた。

名前だけじゃない、と朝美は思った。

その前の言葉も聞かれているかもしれない。

死体の始末。顔を潰す。朝美はこの瞬間、大きなスーツケースに死体を入れて運ぶイメージを世間に浸透させたフィクションの数々を呪った。もし死体が発見されることがあれば、間違いなくあの若い女の頭の中に、朝美たちのスーツケースが浮かぶだろう。

和樹が、朝美の手首を摑《つか》んだ。

「……車に戻ろう」

「でも」横目でトイレを見た。中年女が笑いながら出てきて、紙がどうの、壁の落書きがどうのと話している。若い女は話を聞きながら、こちらを一瞬見た。今にも逃げ出すような雰囲気ではないが、不審に感じていることに変わりはない。

「大丈夫、あいつらはどこにも行けない。キーはこっちが持ってるんだから」

そう言うとコーヒーの缶をゴミ箱に放り投げ、ロックを解除した車の後部座席に朝美を入れた。

自分もボトルを捨てて滑り込み、ドアを閉める。

彼が何かを言おうと腰を捻った。朝美はその瞬間、和樹のジーンズの尻《しり》ポケットに指を滑り込ませた。止める隙を与えず、そこに納められているものを引き抜く。折り畳み式のナイフだった。

「朝美？」

「私も、やる」手の中のナイフを握り締め、和樹を見つめた。彼は今夜、このナイフを使わなかった。その必要がなかったからだ。まるでこれから起こることのために準備したかのようだ。「もう無理だよ。名前まで……聞かれた」

彼は何か言おうと口を開きかけた。すぐさま、朝美は付け足した。

「もしバレたら、私も捕まることになる」

その一言で和樹は押し黙った。まだ逡巡《しゅんじゅん》している様子だったが、中年女が車に近づいてくるのを見ると、決心を織り込んだ声色で言った。

「こんどは失敗できないぞ」

「わかってる」

「いいか」男はまっすぐに朝美を見た。その目つきで、朝美も彼が心を決めたのを悟った。「ぼくが助手席の女を襲う。首を絞めて人質に取る。そしたら運転席の女を脅して車を停めさせる。この先には見晴らし台か土産物屋の駐車場があったはずだ。車が停まったら」

男はそこで言葉に詰まった。朝美ははっきりと続きを口にした。

「私がこれで女の首を刺す」

「……朝美」

「できるわ。やる。私は人殺しになる覚悟をして来たの。——名前まで聞かれて、あんな不審な顔をされて、それでもまだあの二人を逃がせる？」

男は何も答えなかったが、目が「それはできない」と言っていた。

助手席のドアが開き、中年女が乗り込んできた。

「いやあ、寒いわね。さっさと東京に戻りたいわ」

人の好《よ》い呑気《のんき》な声に心が痛んだが、決意は揺らがなかった。

ほどなく、若い女も車に戻ってきた。

運転席に乗り込む瞬間、ちらと朝美たちを見た。その目に浮かぶ不審は、さっきよりも濃くなったように思えた。

「友達の名前ですよ」見事に内心を隠した穏やかな声で、和樹は言った。運転席の女にキーを渡す。「さっきの、カズキとアサミ」

「何のこと」中年の女は問いかけるように運転席の女を見た。

運転席の女はバックミラー越しに二人を見た。

「ああ、そうなの？」納得している明るい声だった。

和樹は続けた。

「その二人も付き合ってるんですけど、うまくいってなくて。いろいろ相談されてるんです」

ね、と朝美を見る。朝美は心の余力を振り絞って笑みを浮かべ、頷《うなず》いた。

「うまくいってないお友達がいるの？　じゃあ、こんどうちの店に連れて来なさいよ。あとで場所をちゃんと教えるから」

「お願いします。いろいろアドバイスしてやってください」

「ママのアドバイスじゃ、結局別れることになりそうだけど」

エンジンをかけた若い女の肩を、助手席の中年女は「もう」と言いながら叩《たた》いた。

若い女が喉《のど》で笑う。そのまま、車を発進させた。

朝美は考えた。どうやら若い女は疑惑を打ち消してくれたらしい。人殺しだの、死体の始末だのという言葉は、別れる別れないでもめているカップルの痴話げんかの話だとでも思ってくれただろう――今だけは。

死体は、可能な限り見つからないようにするつもりだ。和樹が話した新しい計画なら、時間がかかるだけで、最初に立てた計画とほとんど変わらずに済むかもしれない。けれど何事も予定通りに進まないことを朝美は知っている。そしてたいてい、最悪のルートをたどる。今は誤魔化せても、いつか死体が見つかって、身元がわかるようなことがあれば、この女は朝美と和樹の名前を思い出すだろう。二人がスーツケースを引きずって歩いていた場所と、あの男の住処《すみか》が重なってしまう。

朝美は背中をシートから離し、フロントガラスの向こうに目を凝らした。今どのあたりだろう。緩やかに曲がる道の向こうから近づいてきた案内板の文字を、通り過ぎる寸前になんとか読み取った。すでに車は、秩父地方に入っていた。

朝美は記憶を探った。

この先には大きな湖があったはずだ。ダム湖で、巨大なコンクリートの壁に大量の水が塞《せ》き止められている景色が壮大だった。ほとんど俯《うつむ》いていたけれど、その景色だけは顔をあげて見入ってしまった。そこを過ぎると町が間近だ。

隣に座っている和樹が、朝美の手首に触れた。落ち着かせようとしたときとは違う触れ方だった。和樹も緊張しているのか、指先が冷たい。朝美は鼓動が速くなるのを感じた。灰皿を振り上げた瞬間の感覚が蘇《よみがえ》る。

あのときは失敗してしまった。今度は、成功させる。

和樹が身を乗り出した。運転席と助手席の隙間に肩を差しいれる。

「あれ、何ですかね？」

「え？」助手席の女が和樹を振り返った。運転席の女も、ほんの少し慌てた様子で和樹を見た。

朝美は、ナイフの刃を解放した。

和樹はフロントガラスの向こうを指差しながら、「あれですよ」と言った。

助手席の女が、和樹が指す方向を見ようと背中を浮かせた。首の周囲に障害物が何もなくなる。その一瞬を、和樹は逃さなかった。

フロントガラスに伸ばしていた腕を女の首に巻きつける。そのまま体重をかけてうしろに引いた。助手席の女は背中をシートに打ち付けて、空気が抜けるような悲鳴を漏らした。

「えっ、な、何！　何よ！」運転席の女が叫び、車が揺れた。朝美はその横顔に向けて、伸ばした刃《やいば》を突き付けた。

「黙って。そのまま運転して」女がひっと息を呑《の》んだ。

「ちょっと、何?」車はふたたび安定したが、ハンドルを握る女は混乱した叫び声を上げ続けた。「あんたたち、強盗だったの。さっきの死体がどうのって話、本当だったの? ママを放してよ!」

朝美は静かに瞼《まぶた》をおろし、すぐにまた押し上げた。やっぱり聞かれていたのだなという思いと、それならこうすることは正解だったという安堵《あんど》が、心の中で混ざり合った。

「あそこに停めろ」和樹が命令した。温和な青年の演技を振り落とした和樹の声は、朝美でも竦《すく》みあがるほど冷酷だった。「見えるだろ。あのカーブの向こう」

「え……?」声を震わせながら、それでも運転席の女は言われた方向に顔を向けた。

ナイフを突きつけながら、朝美も暗闇を透かし見た。

緩やかなカーブの先に、比較的大きな建物がある。土産物屋か飲食店かわからないが、さっきの小屋の数倍は大きい。しかし今は人気がなく、建物の横に併設された駐車場は、まわりの木々が作る濃い暗闇に覆われていた。

和樹に首を絞められた女は、必死に両手を動かして拘束を解《ほど》こうとしている。

運転席の女が和樹を見た。

「こいつを絞め殺すぞ。言うとおりにしろ」

運転席の女は息を詰めたまま返事をしなかった。朝美はその片側の眼球に刃を映すように、ナイフを近づけた。

「あそこに停めて」

女は震えながら頷いた。これでいい。

朝美は、これからすることを頭に思い描いた。あの暗闇なら車が通りかかっても運転手からは見えない。そこで、やるのだ。私は人殺しになる。今夜の始まりに覚悟していたように。

朝美は近づいてくる駐車場を目で追い続けた。カーブを曲がる。建物が迫ってくる。駐車場の暗闇が車の鼻先に迫り、真横に見え、そして、通り過ぎてしまった。

「おい!」さすがに和樹も慌てたらしい。声が跳ね上がった。「何してる⁉」

いっそう強く首を絞められた女が、濁った音と共に小さな泡を口角から溢《あふ》れさせた。

朝美は和樹と運転席の女を素早く見比べた。いっそ今すぐ女を刺そうかと思ったが、スピードを上げて走る車の中なのでそれは躊躇《ちゅうちょ》してしまう。迷っているうちに、道の先にダム湖が見え始めた。車はスピードを上げ続ける。

「何やってんの!」

朝美が叫んだとき、女がハンドルを大きく切った。

車が傾いた。反動で、朝美はリアウィンドウに叩きつけられた。ナイフが手から落ちる。車はその後も激しく揺れながら滑り落ちて行った。ジェットコースターそっくりの動きだった。降下はしているけれどタイヤは地面と接触している——何かにぶつかってバウンドする。車体を擦る木の枝の音。最後に車体は大きく向きを変え、停止した。

急停止の弾みで朝美は運転席のシートに頭を打ち、後部座席の床に倒れこんだ。衝撃で意識が濁る。気絶だけはしないようにと心を固く保ったが、数秒間は動くことができなかった。音が水中にいるようにぼやけて聞こえてくる。女たちの叫び声。ドアが開く音。もつれながら車を離れて行く足音……。和樹は？　和樹はどうなった？

顔をあげる。鈍い痛みが首と頭を襲った。それでもなんとかあたりを見回すと、難破船のように傾いた車体のドアが三つ開き、和樹がいた場所からは冷たい風が吹き込んでいるのが見えた。

「和樹……」

呻《うめ》くように呟《つぶや》くと、外から声が返ってきた。

「朝美！　無事か！」

その声を聞いたとたん、朝美は新しい力が満ちるのを感じた。両手が空なのに気付いて、急いで腕を動かし、痛みに顔を顰《しか》めながら体を引き起こした。両手が空なのに気付いて、急いであたりを捜す。銀色の光はすぐに見つかった。座席に刺さっていたナイフを引き抜く。

「朝美！　大丈夫か!?」もういちど声がした。

重なるように、女たちの声が聞こえた。何を言っているのかは聞き取れない。

朝美は這《は》い上がるようにして、傾いた車から脱出した。

どうやら車は、道路脇のなだらかな崖《がけ》の下まで転落したらしい。そこは天然の踊り場のようになっていて、背後には川の気配がしたが、足元は平らだった。見上げるとかなり上のほうに道路がある。ガードレールはそこだけ途切れていた。朝美は運転席の女が何度もこの区間を運転していると言っていたことも思い出した。きっとここが車を落としても大破せず、逃げようと思えば逃げられる場所だと知っていたのだろう。だからハンドルを切ったのだ。

和樹は立ったまま中年の女をうしろから羽交い絞めにしていた。少し離れたところに、巻き髪の若い女がいる。女は川の方向に逃げる体勢のまま固まっていた。

「逃げたら、まずこの女を殺す」和樹が若い女のほうを見ながら言った。そして朝美を一瞥《いちべつ》した。

朝美はそれを合図と捉《とら》え、女に駆け寄った。だが若い女がこちらを睨《にら》んだので、朝美も立ち止まってしまう。相手のほうが背が高かったのだ。迂闊《うかつ》に近づいて、ナイフを取られたらいけない。

どうする？　朝美は、男に目で問いかけた。

和樹はその視線を受け取り、中年女の首にかけた腕を強く締めた。中年女は、濁った悲鳴を漏らした。

「あんた、涼子。その場に膝《ひざ》をつけ」

若い女は眉《まゆ》を寄せた。

「りょ……ちゃん！　逃げ……っ」

中年女が叫んだが、和樹が腕を締めたので、その声は途切れた。

若い女は和樹と朝美の両方を警戒しながら、囁《ささや》いた。

「あんたたち、何なの。なんでこんなことするの」

「そ……！　あたしたち、親切にしてあげ——じゃない！」

中年女がもういちど叫んだが、和樹はそれ以上強く締めることはしなかった。殺してしまっては若い女に逃げられると思ったのか、それとも叫ばせたほうが効果的と判断したのか。若い女は、中年女の苦しげな声を聞くごとに、顔を強張《こわば》らせていった。

「あのスーツケース」若い女の声はいっそう低くなった。「あの中に、死体が入ってるのね。そうなのね。あんたたちの顔を見たから、私たちを殺すの？　名前も本名じゃない。かずきとあさみ、それがあんたたちの名前なのね」

朝美はナイフを握りしめた。目で和樹に合図を送る。

和樹はもういちど命令した。

「膝をついて、両手を肩の高さまで上げろ。でないとこの女の首を折る」

中年女が悲鳴を漏らした。

若い女は、一瞬、足を動かしたが、すぐに止めて膝をついた。指先を肩の位置まで上げる。そうすると、女の首が無防備になった。

朝美はゆっくりと女に近づいた。

「涼子ちゃん、逃げて」中年女が言った。

若い女はこころもち顎《あご》を引いて、近づいてくる朝美の気配に眉を寄せている。

「本当に、なんでこんなことをするの。あなたたち、強盗？　それとも殺し屋か何か？」

「そんなんじゃない」朝美は答えた。柄《つか》を握る手が冷えていく。だが躊躇は感じなかった。

この二人を逃がせば、警察に駆け込む。そうすれば自分だけではなく、和樹にも迷惑が及ぶ。いや彼のほうがもっとひどい。なにしろ和樹は、朝美よりも「慣れて」いるのだから。

「じゃあ、なんで。私たちは、ただあなたたちに親切にしただけよ。殺される理由なんかない」

「そうかもしれない。でも理由はある」私たちの顔と名前を知ってしまったから。あるいは、朝美が自分の手を汚さなければならないから。

「私たち、何も悪いことしてない」

朝美が女の背後に立った。女の声は、ほとんど泣き声に変わっていた。

ナイフを握った。長い髪の隙間に、白いうなじが見える。

もうすぐ命を止められる若い女は囁き続けた。「あなたたちには何ひとつ、悪いことなんかしてない」

「うん」さすがに胸が痛んだが、朝美はナイフを振り上げた。「そうなんだと思う。でもやらなくちゃ」

「やらなくちゃいけない……？」女は啜《すす》り上げた。「やりたくないのに？」

「そう」朝美は自分に言い聞かせた。「やるの」今度こそ。

振り上げた腕に力をこめた。手首が弧を描いて、握りしめた先端の銀色が白い皮膚に吸い込まれていく。その様子を想像した。

「できるのか？」突然、女の声が変化した。「君はあのスーツケースに入ってる男でさえ、自分で殺せなかったじゃないか。あんなにひどいことをされたのに」

朝美が動きを止めた瞬間、長い巻き髪が空中を泳いだ。横からきた衝撃が朝美の手首を襲い、握りしめていたナイフがあっけなく飛んでいった。

唯一の武器が手から離れた。

それを認識した一秒後、朝美の体は側頭部を打たれた衝撃に横ざまに倒れた。頭蓋骨《ずがいこつ》に響く鈍い音の向こうに、和樹の悲鳴を聞いた。冷たい地面に頬を埋《うず》めながら目を開いた。暗闇の隙間で、さっきまで中年女の体をうしろから押さえつけていた和樹が、今はその女によって地面に倒されているのが見えた。

女は仰向《あおむ》けに倒れた和樹の頭を、二度、蹴《け》り上げた。

「腕も折ったほうがいいよ」朝美の頭上から耳慣れない男の声が響いた。

「ああ、そうね」女の足が和樹の腕の上に振り下ろされた。静かな夜の空気に骨を叩《たた》き割る鈍い音が響き、和樹がうっと短い悲鳴をあげた。女はさらにもう片方の手首も踏みつけた。「こんなところでいいかしら」

「うん。いいんじゃないかな」

朝美は首をもたげ、声の主を見た。

喋《しゃべ》っているのは——男の声を出しているのは、長い巻き髪の若い女だった。しかし何かが決定的に違っている。声だけでなく、纏《まと》っている雰囲気も変化していた。そもそも女性にすら見えない。服は変わっていないはずなのに、その人物が女性に化ける演技をやめてしまったせいだ。

女だった人物は朝美を見た。氷を嵌《は》めこんだように、冷たい目をしていた。

「改めて自己紹介しておく。僕は義波。信義の義に波と書く」言いながら、巻き髪のカツラをかなぐり捨てた。下から現れた短い髪を、指で掻《か》き乱しつつ続ける。「一応、男だよ」

呻き声が聞こえた。頭を蹴られ、腕を折られた和樹が苦悶《くもん》の声を漏らしているのだ。

朝美は彼に駆け寄りたかったが、義波と名乗った男がすぐ傍に立っているのでそれもできなかった。

なにより朝美自身の体が恐怖の鎖に縛られて動かない。あのときと同じだ。あんなに憎んで、殺そうと決めた男に反撃されて動けなくなった数時間前と。情けなくて、こんなときであるにもかかわらず、声を出して泣きそうになった。

「あなたたちは……何？」

泣き声を封じ込めて、言葉を絞り出した。

「何、だなんて」中年女は甲高い声で笑った。「あたしたち、化物みたいね」

傍らに、影が屈《かが》んだ。それが義波と名乗った男だとわかったとたん、朝美は体を竦《すく》ませた。

「君たちこそ誰？」女の声色を作るのをやめた彼は、穏やかで落ち着いた青年の口調で言った。女たちのまえで演技をしていた和樹の喋り方よりもやさしい。「なんてね。ほんとは、名前は知ってるんだ。野上《のがみ》朝美さん。あっちの彼は、小野田《おのだ》和樹くん」

義波は傾いて停まっている車を指差した。

「スーツケースの中で死んでいるのは、河田敬二《かわだけいじ》。チンケな結婚詐欺師だ」

眩暈《めまい》がする。

「知って……」

「るよ。君が河田の獲物の一人だったってこともね。ああ、結婚詐欺というよりは、恋愛詐欺といったほうがいいのかな。うぶな女の子を引っ掛けて、その子との初めてのベッドインまでを撮影してネットで売る。または、女の子本人にその映像を高値で売り付ける。そういう商売をしていた男だね」

「何なの」思わず声が焦った。「あなたたちは、何なの？」

　義波はうっすらと目を細めた。

「僕たちは復讐《ふくしゅう》代行業者。誰かの恨みを、お金をもらって晴らしてあげる。そういうビジネスをしている。今日の標的は河田敬二だった。ある人からの依頼を受けて行ってみたら、君たちがいたというわけだ」

「びっくりしたわよねえ」女が呑気《のんき》な声で言った。足元では、和樹が言葉にならない呻き声をあげて悶《もだ》えている。「同業者かと思ったわ。あなたたち、河田を殺す作業のことを『仕事』って呼んでたから。てっきり朝美ちゃんは、騙《だま》されたふりをして河田のことを探っていたのかと思った」

「河田を殺すのは私の役目だ、とか言ってたしね」

「彼は慣れている、とかね」

　二人は笑い合った。

「でも、すぐに素人だとわかったよ」義波は笑い声を消した。「殺し方も後始末もなっちゃいない。まるで子供の殺し屋ごっこだ」

　朝美は視界が揺れるのを感じた。地面に倒れ込みそうになる朝美の耳に、小さな、そして必死な和樹の声が聞こえてきた。

「……ろ、……朝美……逃げろ……」

　言いながら身をよじって、傍らの女の足首を蹴った。

「あらあら」

女は笑いながら足を引っ込めたが、屈んでいた義波は眉《まゆ》を寄せた。

そして立ち上がり、和樹のほうへ歩み寄った。

その瞬間、和樹と目が合った。和樹は動かない両腕を諦《あきら》めて地面でのたうちながら、朝美に目だけで訴えていた。今だ、行け。実際今だけは、朝美の傍には誰もいない。走りだそうと思えばできそうだった。川の方向に逃げて、暗闇の隙間に隠れることもできる。

けれど朝美は、それを選ばなかった。

地面で光るナイフを取り上げて、背中を向けている義波に切りかかった。腰のあたりを刺すつもりだった。しかしあっけなく手首を捻《ひね》られ、ナイフを取り上げられるのと同時に、地面に叩きつけられた。

「朝美……っ」

這《は》うようにして、和樹が朝美のうえに覆いかぶさろうとした。朝美はすぐさま体勢を入れ替え、和樹を背中に庇《かば》った。

見上げると、義波は取り上げたナイフを弄《もてあそ》びながら冷淡にこちらを見下ろしていた。

その傍らで、中年女は笑みを浮かべている。

「仲がいいこと」

「君たちのことは調べさせてもらったよ。君たちが河田を殺して、現場の後始末をしているあいだに」すっかり無表情になった顔と声で義波は言った。「もともと河田を標的にすると決めたときに、他の被害者のことも調べておいた。だから朝美ちゃんのことはあらかじめわかっていたんだが、和樹くんが誰なのかわからなかったんだ。被害者じゃないのはもちろん、その家族でもない。プロでもない。じゃあ誰なんだろう。調べるのは案外、簡単だったらしい。僕が調べたんじゃないけどね。僕らの仲間が、すぐにやってくれた。和樹くんは朝美ちゃんのアルバイト先で働いている同僚だね。でも、それだけじゃない」

朝美のうしろで、和樹が「やめろ」と叫んだ。朝美はいっそう深く彼を庇った。

「和樹くんは十代の頃、ある事件に関わってる。窃盗グループの一員として車上荒らしをしているときに車の持ち主に見つかって、その人を殺害して埋めた。君はそのときに人の殺し方を覚えたんだろう？　出所してからは真面目に生活してたみたいだけど」義波の口元が吊《つ》り上がった。「ここからは推測だけど、最近はインターネットでちょっと調べれば少年犯罪の犯人の顔も本名もわかる。バイト先で噂になったんじゃない？　で、その噂は朝美ちゃんも知っていた。和樹くんは朝美ちゃんのことが好きだったんだね？　朝美ちゃんは自分を騙した河田のことが許せなくて、和樹くんに頼んだのかな。殺して欲しい人がいるの、とでも――」

「違う！」和樹がこれまででいちばん強い声を出した。「朝美は、そんな女じゃない」

「ううん、合ってる」朝美は涙で視界が歪《ゆが》むのを感じながら声を絞り出した。「そうだよ。私は和樹の気持ちに付け込んだの。和樹は悪くない。それに、殺して欲しいと言ったんじゃない。私が自分で殺すと言ったの。和樹は手を貸してくれただけ――」

「よくまあ、そんな男の手を借りようとしたねえ」

嘲笑《あざわら》うような義波の声が不快だった。朝美は何度も涙を拭《ぬぐ》った。あんたに何がわかるの。そう言ってやりたかった。

まだ朝美が騙されているとは知らずに河田と過ごしていた頃、バイト仲間の誰かが、和樹は朝美に気があるとからかった。でもあいつは、昔ずいぶんひどいことしたらしいよ、とも。半ば好奇心で検索し、和樹が関わった事件を知った。和樹は車上荒らしや窃盗を繰り返す犯罪グループの一員だった。あるとき、グループのリーダーが車内を物色中に車の持ち主に見つかり、その人を殺してしまった。遺体は山中に埋められたが、結局事件は明るみに出て、和樹も捕まった。和樹はグループの中で唯一の未成年者だった。報道では名前は出ていなかったが、ネットを探せば和樹の名前と中学の卒業アルバムの写真が出てきた。詰襟の制服を着た伏し目がちの少年は、確かに和樹だった。殺したのはこいつなんだって、とネットの掲示板に書かれているのも見た。遺体は顔が潰《つぶ》されて、ひどい状態だったとも。

事件と、バイト先であいさつを交わす和樹のイメージとはかけ離れていた。和樹は真面目で、他の同僚たちよりもおとなしいくらいだった。そんな和樹が人を殺して埋めたなんて。そのうえ、この自分に気があるなんて。

そのときはただ、いまひとつ実感が持てないまま、あまり近づかないようにしようと思っただけだった。他の同僚たちも和樹のことは遠巻きに接していたし、和樹のほうも朝美をデートに誘うようなことはしなかった。だが河田に脅迫されたとき、朝美は初めて人を殺してやりたいと思った。和樹のことが頭に思い浮かばないはずがない。怒りに流されるまま河田にされたことを打ち明け、和樹に尋ねた。人の殺し方を知ってるんでしょ。教えて——。

しかし、和樹から聞かされたのは、当時の事件の意外な側面だった。

グループの中で最年少だった和樹は、いわばパシリのような存在で、車の持ち主に見つかったとき、彼は見張り役だった。相手と揉《も》みあいになっているうちに、主犯格の男が車の持ち主を殴り、和樹に首を絞めて殺すように命令した。こうやってやるんだと、主犯格の男は腕で首を絞める見本を示した。車の持ち主は苦しさに暴れた。主犯格の男は和樹に、おまえがやらないならいつまでもこいつを苦しめ続けるぞと脅したらしい。それでもできない和樹に、グループのほかの仲間たちは、おまえも殺してやろうか、と脅し始めた。和樹は泣きながら、とうとう哀れな被害者の首を夢中で絞めた。

後悔している、と和樹は語った。戻れるならあのときに戻って、自分が身代わりになってでもあのひとを逃がすのに、あのときは勇気が持てなかった。暴力をふるう父親から逃げて入ったそのグループを、やっと手に入れた居場所のように感じていた。その仲間たちからの恫喝《どうかつ》がひたすら恐ろしく、一方、居場所を失いたくない思いも心のどこかにあった。

主犯格の男は他の仲間たちと遺体を山中に運び、和樹に埋めるための穴を掘らせ、和樹の目の前で遺体の顔を潰すなどの損壊を加えた。それを見ていた和樹が目を背けて嘔《お》吐《う》すると、ちゃんと見ておけ、これからはこれがおまえの仕事だと言った。誰かに見つかったら、おまえが始末するんだ。

あれは一種の儀式だったと、和樹は語った。新参者に人を殺させることで、グループから逃げられないようにする。あのとき、和樹は大事な仲間だと思っていた仲間たちが、逃げてきた父親よりもひどい連中だと思い知った。和樹は仲間を裏切って警察に駆け込んだ。自分が捕まることも、もちろん承知のうえだった。

未成年だったうえに情状酌量が認められた和樹は短期間で自由の身になれたが、残りの仲間たちは長期の服役を余儀なくされた。和樹は弁護士から、主犯格の男が家出した少女や一人暮らしの老人を誘拐して、和樹にやらせたのとおなじ儀式を他の仲間にさせていたことを知った。

その話を聞いた朝美は、なんてことを言ってしまったんだろう、と思った。真面目でおとなしそうに見える和樹と、残酷な犯罪に手を染める少年のイメージは、どうしても合わなかった。悪い人だと信じて、とんでもないことを頼もうとした——反省しかけたとき、和樹が言ったのだ。

わかった。力を貸す。俺も、そいつのことが許せない。

「こいつのせいじゃない」朝美の回想と連動するように、和樹が言った。言葉尻《ことばじり》が苦痛の呻《うめ》き声で濁った。息を吐いて続けた。「俺がやりたいと、言ったんだ」

俺は慣れている。そんな言葉を口にした和樹に、朝美は痛々しさをおぼえながら言い返した。

慣れてなんかないよ。たったの一回なんでしょ。人を殺したのは……。

たったいちどでも、ひとごろしはひとごろしだ。

答えた和樹の目の底冷えがする悲しさは、今も朝美の胸に焼き付いている。

「かっこいい」朝美の胸中を知らない義波は、呑気《のんき》に口笛を吹いた。「朝美ちゃんは、河田にいちどは金を払ってるよね。そして自分のビデオを取り戻した。それなのにわざわざあいつの自宅を突きとめてまで殺したのは、それほど怒っていたから、傷ついていたからだね。和樹くんは、朝美ちゃんをそれほど追い詰めた男が許せないから協力した」

「でも、どうして？」中年女が言った。「朝美ちゃんのことが好きなら、どうして殺人の片棒なんか担がせたの。それに、あなたも知っているでしょう。人を殺すっていうのは、自分の一部も一緒に殺すことなのよ。そんな思いを好きな子にさせたくはないはずでしょう？」

朝美は目をあげて女を見た。眉を下げている女の顔は、若い二人への同情で溢《あふ》れているのがわかった。それだけを見ればやさしい女なのに、言っていることは恐ろしい。この女も人を殺した経験があるのだろうか。

朝美は今更ながら、義波が口にした復讐《ふくしゅう》代行業者という言葉の意味を思い知った。「俺は、ずるいんだ」和樹の体が震えた。掠《かす》れた音が喉《のど》から響いている。やめて、と朝美は言いたかったが、声は喉の奥に引っかかってしまった。「もし朝美が人を殺せば、俺とおなじところまで堕《お》ちてくる。そうじゃなくても、俺があいつの目の前で人を殺せば、ずっと一緒にいてくれる……そんなふうに思ったから、今夜、俺は、浮かれてさえいたんだ……。あいつらと……俺を人殺しにしたやつらとおなじことを、朝美にしようとした。俺は、最低な奴なんだ」

「へぇえ」義波の声が膨らみ、中年女を見た。「ねぇこれ、純愛ってやつ？」

そうねえ、と溜息《ためいき》混じりに女は言った。

「涙が出るほど素敵な話だけど、とっても残念だわ」しみじみとした口調だった。

「そうだねえ」義波のほうは残念に思っている気配はない。

女は彼を一瞥《いちべつ》し、ふたたび朝美たちを見た。

「あたしたちの組織にはね、守らなくちゃいけないルールがあるの。なにしろ時には人を殺すようなこともあるからね。規則遵守が絶対なのよ。依頼の重複は避ける。引き受けた依頼は必ず果たす。仕事の目撃者は消す。仲間を裏切らない」女はふっくらとした手を広げて指折り数えた。すべてが朝美たちへの死刑宣告に聞こえた。「依頼人は河田敬二の死体を欲しがっているの。何に使うのかは知らないけど……。だから、あの死体はもらうわね」

「せめて君たちが死体を置いてってくれたらなあ。そうしたら、見逃せないこともなかったんだけど。きっちり持って行っちゃうから、慌てて仲間に頼んで新しいプランを組み立ててもらったんだよ。なんとかして君たちを捕まえたかったから」

「そして観察したかったの」世間話の合間にこぼすのにふさわしい溜息を女はついた。「あなたたち、あたしらを殺すかどうか迷ってたわね。和樹くんなんか、わざと大げさに身元を探ろうとしたりして。朝美ちゃんは、迷っていたわね。かわいいわ、二人とも」

朝美は顔を逸《そ》らした。

やめて、と叫びたかった。自分の命乞《いのちご》いではない。和樹だけは逃がしてあげてほしい。

「こいつには、手を出さないでくれ」和樹は大きく喘いだ。「河田を殺したのは俺だ。朝美は、何もしてない。あんたたちのことも、絶対に言わない」

「やめて、和樹」視界を歪ませた涙は、大粒の雨のように頬を濡《ぬ》らしていた。「いやだ」

女は溜息をついた。

「さっきもねえ、トイレで相談したんだけど」さも残念そうな声だが、譲る気はないと言っている。「規則だからね。これしかないのよ」

「そうそう。これしかないんだ」

「義波くん、交代してちょうだい。あたしには無理だわ。かわいそうで」

女が首を振りながら立ち上がった。

「オッケー」

弾むような足取りで、桁《けた》違いの暗殺者が近づいてくる。手元で光るナイフの刃《やいば》は、朝美が握っていたときよりも分厚く、鋭く見えた。

朝美は口を開き、声にならない悲鳴をあげた。和樹が「逃げろ」と繰り返している。やめて、となんとか言葉にした。和樹だけは殺さないで。

震える二人の傍らに、義波が膝《ひざ》をついた。

「解決方法はひとつしかない」澄んだ声色だった。「僕たちが殺して死体を持ち帰るように言われていたのに、君たちがやってしまった。そして君たちは目撃者だ。だから……、どうかな。僕たちの仲間にならないか？」

朝美の息が止まり、和樹は小さく体を揺らした。

「君たちが僕らの仲間なら、河田を殺したことも依頼を果たしたということになる。目撃者は殺さなくちゃならないけど、仲間は守るものだから、君たちを死体にしなくて済むんだ」

「ほんとはね、あなたたちみたいな子には、自由で平和な生活を続けさせてあげたいんだけど。でも、彼が言ったの。いちどでも本当に人を殺そうとした人間は、それだけですでに、あたしたちの側の人間なのよ」

「ちょうど人手が欲しかったところなんだ。さっき実はちょっとテストをさせてもらったんだよ。僕らのルールのなかで、いちばん大切で、守るのが難しいこと。それは『仲間を裏切らない』ことなんだ。悪党にはこれができない。僕らの組織が欲しいのは、悪党ではない人殺し。朝美ちゃんには彼氏を置いて逃げるチャンスがあったのに、そうしなかったね。和樹くんもだ。朝美ちゃんのためになら、君はなんでもするだろう」

義波の目が朝美を見つめた。朝美は、呼吸を止めて彼を見た。凍ったような目がかすかに笑っている気がした。

「どうかな？　これしか君たちが命を繋《つな》ぐ方法はないんだけど」

朝美の手に何かが触れた。和樹の肩だった。そのぬくもりが伝えようとしているものを、朝美は読み取ろうとした。

義波は氷の目をして続けている。

「言っておくけど、大変だよ？　あんな女たらし一人の始末に手間取るようじゃ、うちではやっていけないよ。断りたかったらそうして。君たちかわいそうだから、苦しまないように殺してあげる」

朝美は和樹の肩にそっと手を添えた。

今夜が始まるまえ、何度も自分に言い聞かせたことをもういちど心に焼きつける。

私は人殺しになる。

もう、戻れない。

03 トマス

眠りから覚めたばかりの人間の常として、まず今いる場所のことを考えた。

自室のベッド？　だがそれにしては、体の下の感触が硬すぎる。

目を開けるのと同時に、首筋に痛みを感じた。それですべてを思い出した。

何をするよりも早く、ジャケットの胸ポケットを探った。指先に感じた硬く丸い金属の感触を引っ張り上げる。小振りな懐中時計だ。いまどき懐中時計とは珍しいが、腕時計よりも自分のイメージに似合っていると思うから使い続けている。蔦《つた》模様が飾る文字盤の黒い針が示す時刻を見て、息を呑《の》んだ。

五時五分――。

「おはよう」少し離れたところから、奇妙な声がした。砂嵐で作った音のような声だ。

振り返った。その拍子に、首筋が痛みを訴えたが、構っていられない。

男がひとり、部屋の隅に立っていた。痩《や》せていて背が高い。年齢は二十代の前半か半ばくらいだろうか。黒いシャツに黒いジャケット、ズボンも靴も上半身と同じ色だ。表情を隠すように伸びた髪だけが人工的な土色をしている。胸ポケットにはしゃれたサングラスを引っ掛け、どう見ても、まともな種類の男には見えなかった。

男は薄い笑みを刷《は》いた唇を動かすとき、片手に握った何かを口元にあてた。

「『トマス』の彩《あや》さんだね」

濁った、機械的な声だった。それでも彼が呼んだ自分の名前は聞き取れて、彩はいっそう深く眉《まゆ》を寄せた。親がつけた本名よりも、今は彩という名前のほうがしっくりくる。その名前を知っているとしても、実際に会ったことがある相手とは限らない。そしていくら見つめてみても、壁際に立っている若い男の顔に見覚えはなかった。

「……帰らせて」

最初に出た言葉がそれだった。

誰？　でも、ここはどこ？　でもない。

そんなことよりも、時計の針が指している時刻のほうが重大事だった。五時五分。よもや、朝のではないだろう。

彩は体を起こした。何かが触れあう軽い音がした。体の下にはびっしりと、赤や黒の衣装をつけた男女がポーズを取るポスターやチラシがばら撒《ま》かれていた。そのすべてに「Ｔｈｏｍａｓ」の文字が印刷されている。日本人なら「トーマス」と伸ばして発音してしまいそうなそれを、目の前にいる男は正しく「トマス」と縮めて言った。

彩は素早く自分の体を確認した。ショートパンツと赤いブーツ、鮮やかな紅色の燕尾《えんび》服《ふく》。リハーサルのために着た舞台衣装のままだ。両手には、赤い網目の手袋。乱暴されていないかということよりも、衣装が無事であることのほうに安堵《あんど》を覚えた。

今夜の大事なライブのために作った、特別な衣装だ。先月のおなじライブハウスでのショーのあと、名刺をくれた音楽事務所の人が「上の人」を連れて、今夜のライブを観に来ると言っていた。ライブは夜七時から。リハーサルのために普段より早く楽屋を開けてもらい、衣装に着替えていた。そのとき、不意にドアがノックされて……。

「——あんた」彩は若い男を睨《にら》んだ。そうだ。思い出した。というより、今やっと壁際の見知らぬ男のことを考える余裕ができた。「花束を持ってきた人……?」

大きな花束を顔の高さに掲げながら、楽屋に入ってきた男。誰だろうと思いはしたが、それより花束の差出人が気になって警戒しなかった。男は花束で顔を隠したまま楽屋のドアを閉めた。それから不意に彩の首筋に何かを押し当てた。金属の感触。鋭い衝撃。首のうしろに手をやって、彩は手袋の網目の隙間に、膚《はだ》が二か所、小さく盛り上がっているのを感じた。

「スタンガンで気絶させて、ここまで運んできたんだ」男が言った。声は砂嵐に揉《も》まれている。

彩は男を睨んだ。手の中に何かを隠し、それを通して喋《しゃべ》っているのだ。ボイスチェンジャーだろう。

彩は素早く室内を見回した。

奇妙なかたちをした部屋だった。カットされて売られているケーキのような二等辺三角形で、高い天井には照明器具の跡であろう二本の線が、横切る線路のように残っていた。どう見てもライブハウスの楽屋ではない。ひとつだけある大きな窓にはブラインドがおろされている。そこから漏れる明るい日差しが、照明器具のない室内を照らしていた。その日差しの色に、彩は安堵を覚えた。この季節の午後五時らしい、昼間の白さが残る日差しだ。

　視線をずらすと、部屋の中央に簡素な台があり、そこに閉じられたままのノートパソコンと小型のカメラが置かれていた。カメラのレンズは彩を見つめている。

「ここって……」男を警戒しながら、彩は背後を振り返った。

　手が届く距離に赤い扉がある。扉には、ノブがなかった。

「開けようとしてみてもいいよ」ボイスチェンジャーを口元にあてがい、男が言った。

「開かないけどね」

　顔を戻し、彩は男に強い眼差《まなざ》しを向けた。

　男は微笑んだ。ゆったりとした表情が、彩の苛立《いらだ》ちを掻《か》きたてた。

　もういちど時計を見る。五時七分。ほんのわずかとはいえ進んだ針が苛立たしかった。

「あたしが誰だか知ってるなら、今夜、ライブがあることも知ってるわね？　あと二時間もない」彩は強い口調で言った。「今すぐ、あたしをここから出して」

　男は口笛を吹いた。

「さすが『トマス』の彩さんだ。怖がらないんだね」

　摑《つか》みかかってやりたいところだが、怪我をする可能性を考えて、やめた。

その代わりに、深呼吸をした。ほんのわずかだが動揺が引いていった。

おそらく、いやほぼ確実に、あたしは誘拐された。

なぜ？　目の前にいる男は、誰だ？　……ストーカーなのか？

足元に散らばる「トマス」の雄姿の数々に目を落とした。ドレス姿の美女と鮮やかな燕尾服姿の美青年。男女のデュオ。しかし、よく見ればわかる。燕尾服を着ているのは女性で、ドレス姿のほうが男だ。「トマス」のこの特性はたくさんのファンを獲得したが、同時にストーカーにも悩まされる原因になった。性別記号を入れ替えるなどけしからん、と脅迫してくる輩《やから》もいる。目の前の男は、そういう類《たぐい》の連中だろうか。

しかし、そんな「トマス」だからこそ、ライブハウスのオーナーもスタッフも、出入りする人間には気を配っている。その警戒網を擦りぬけて楽屋を訪れ、しかも、気絶した彩を運び出す。ただのストーカーにそんな真似ができるだろうか。

「凌《りょう》はどこ」ポスターの中で、ギターを抱え、彩の隣に立つドレス姿の相棒。部屋のどこにも彼の姿はない。

緊張が彩の心臓を締め付けた。

男はボイスチェンジャーを持つ手をゆっくりと口元にあてがった。

「さて？　どこだろうね」

男はわざとゆっくり喋っているように聞こえる。まるで時間を稼ごうとしているみたいだ。

その態度が、彩の脳裏にもうひとつの可能性を描いた。

今、音楽業界は苦境にある。CDが売れないからだ。ダウンロードでは大した収益にならず、新しいアーティストのデビューはCD全盛期と比べて難しくなっている。ライブで稼げるか否かが、歌い手の価値を決めているといってもいい。その点「トマス」は価値あるアーティストだ。粘着質なファンからのつきまといもあるが、稼げるアーティストへの嫉妬《しっと》からくる匿名の嫌がらせも多い。見た目の派手さを売りにしやがって、歌は誰々のほうがうまい、とおなじインディーズ系アーティストの名前を挙げる輩がしょっちゅう現れる。剃刀《かみそり》を送りつけられたり、ライブハウスの告知ポスターに「死ね」と書かれたこともある。先月の音楽事務所のスカウトのあと、その脅迫行為は増した。「トマス」をスカウトした事務所は業界最大手、しかもプロデュースには破格の投資をするつもりだという。その噂はすぐに広まるだろうと、彩は思っていた。噂が広まれば、妬《ねた》みも増殖する。

彩は男の顔をもっとよく見ようとした。おなじライブハウスで活動を行うアーティストの一人だろうか。どのアーティストもチケットは手売りで、客席は三分の二が埋まればいいほう。チケットを買い求めてファンが列を作り、ライブの夜は二階の立見席まで人が詰めかける「トマス」とは比べものにならない。

しかし、いくら見つめても、その顔に見覚えはなかった。

男は黒いジャケットの袖《そで》をまくり、自分の腕時計を確認した。

それを見て、彩はさっきの自分の直感が正しいのではないか、と思い始めた。

こいつが「トマス」を妬む売れないバンドのメンバーかどうかは、まだわからない。しかし、目的は見えた。彩を今夜のステージに立たせないために誘拐したのだ。「トマス」のメジャーデビューを阻止するために……。

男が腕時計から目を彩に戻す寸前、彩は設置されているカメラを盗み見た。赤いランプが点《つ》いているということは、今現在、録画中ということだ。何のために？

それはあとで考えることにして、彩は顔をこちらに向けた男に訴えた。

「いい？　あんたがどこの誰かはわからない。でも、何をしたいのかは、わかった」

「へえ？」男はまた、のんびりと笑った。彩は神経が逆撫《さかな》でされるのを感じつつ、それでもつとめて冷静に振る舞った。「あたしを誘拐して、ライブを中止させる気ね」だから凌がここにいないのかもしれない。彩のほうが誘拐しやすいと踏んだのだろう。くやしいがこの現状ではそのとおりだったと言わざるを得ない。

男はそっと顎《あご》を引いた。

「だったら、どうするの？」

彩は唇を舐《な》めた。落ち着け、と自分に言い聞かせる。

「あなたも、あたしとおなじアーティストよね」アーティスト、の一言を、彩は強調した。売れないバンドのメンバーほど、不思議とこの言葉が好きだ。自分は特別な人間であると思えるからかもしれない。「音楽を愛してる人よね？」愛。これも、強い反応を引き出せる。「だったら、わかるでしょ。あたしがステージに立たなければ、たくさんのファンが失望する。歌を聴きに、わざわざ集まってくれた人たちよ。みんなステージが始まるのを待ってる。今すぐ、あたしをファンのところに行かせて。音楽を愛してるならわかるはずよ。ライブがどんなに大事なものか」

さあ、と思った。相手が好む言葉はすべて使った。デビューのことや、「トマス」の名前はあえて出さなかった。音楽。ファン。みんなが待ってる。もっと慎重に話せればいいが、今はとにかく時間がない。時計の針が動く様子が目の前に見えるようだ。

男は目を伏せた。心を動かされて、考えこんだように見えた。いい反応だと、彩は思った。

男が目をあげた。彩を見た。嫌な予感が、彩の胸を貫いた。その目に何の動揺も浮かんでいなかったからだ。

「悪いけど、僕は売れないバンドのメンバーじゃない。ついでに言えば、今夜のライブを中止させることが目的でもない」

「……え？」

男は彩の反応を楽しむような含み笑いをした。そして、パソコンに手をかけた。

「これを見て。もうひとり、誘拐してあるんだ」

彩は起動されたノートパソコンに顔を向けた。凌にまで、何かしたんだ……そう思いながら、画面に映しだされたものを見た。

そこには、彩の想像を裏切るものが映っていた。

画面の中で震えていたのは若い女だったのだ。

女装した男ではない。ドレスではなく、質素なチェックのシャツを着ている。丸顔で、地味な顔立ちをしている。凌の華やかな顔とは程遠い。女は床に横倒しになっていた。縛られているのか、両腕をうしろに回したままもがいている。長い髪がもつれて、涙で濡《ぬ》れた頰に張り付いていた。

女は口を開き、喉《のど》を震わせた。画面越しに彩に呼びかけている。しかし、声は聞こえない。

「繭子《まゆこ》……？」

混乱が、彩を打ちのめした。

「そう。繭子ちゃんだ」男は得意げに言った。

「どういうこと。どうして、繭子が……」

男は笑っている。

「この子は誰？」

彩は顔を顰《しか》めた。「え？」たったいま、名前を口にしたくせに。

「この子は、誰？」だあれ、と聞こえた。

「ふざけないで」ねめつけようとしたが、混乱がひどすぎたせいか、目にも声にも力が入らなかった。「凌はどこ」

「ふざけてないよ」男は楽しげだった。「この女の子は、誰？　君にとって、でいいよ。この子、繭子ちゃんは、君にとってどんな子？」

彩は眉《まゆ》を寄せたが、男は長い前髪の隙間からえぐるようにこちらを見つめてくる。何がなんでも言わせたいらしい。

彩は、できるだけ少ない言葉で語った。

「繭子は……あたしたち『トマス』のファンよ」

「それだけじゃないはずだ」男は即座に言い返した。「ただのファンじゃない」

彩は言い淀《よど》んだ。男の目は、彼が満足する答えを言うまでは問答を続けると語っている。

浅い溜息《ためいき》をついてから、彩は言い直した。

「いちばんのファン。……あたしたちがまだ路上でライブをしてた頃、最初に足を止めてくれた子。それからはずっと追いかけてきてくれてる」

「うん」男は声をあげて笑った。「この子は『トマス』のいちばん古いファン。新参のファンのあいだでは有名な子だ。君たちにいちばん近いところにいるからね。いってみれば、君たちの信者だ」男は不意に笑みを消した。「そういえば、君たちのデュオ名の『トマス』は双子って意味らしいけど、キリスト教の聖人の名前でもあるね。彼もイエス・キリストの熱心な信者だった。なんとも意味深だ」

「だから何なの?」彩は顔を顰めた。

ボイスチェンジャー越しに早口で喋るので、声がざらついて響き、ひたすら不快だった。

男はゆっくりと目を細めた。その表情に何か悪魔的なものを感じて、彩は身がすくむのを感じたが、体を動かしたい衝動をなんとか堪《こら》えた。画面を通して繭子が見ている。彼女に怯《おび》えた姿を見せてはいけないと思った。

「繭子に何かしたら、殺すから」

言った途端、繭子の表情が変わった。それまでは恐怖と驚きしか見えなかったものに、淡い喜びのようなものが混じった。その変化でこちらの声は聞こえているのだ、とわかった。

男はまた少し笑い、一歩、彩に近づいた。

彩は背中がこわばるのを感じた。

目の前の男が誰なのか、もう一度考え直した。

繭子は「トマス」ファンのあいだでは知られた存在だ。彩たちも贔屓《ひいき》していた。苦労していた時代に応援してくれていた子なのだから、それは当然だった。ライブのあとは楽屋にも入れたし、他のファンが見ている前でハグすることもある。それを妬むファンがいたことは知っている。この男は、その一人なのだろうか。「トマス」に嫉妬《しっと》しているのではなく、「トマス」にいちばん近いところにいる繭子を妬んでいる……？

彩は一瞬だけ、視線をずらしてカメラを見た。

最悪の想像が頭に浮かんだ。

仮にこの男が繭子への寵愛《ちょうあい》を妬むファンだとしたら、カメラの意味も、誘拐したのが凌ではなく彩である理由も想像できる。この場で彩をレイプして、繭子に見せつけるつもりなのかもしれない。彩は自分のものだ、と宣言するために——。だがそれなら凌にも見せつけそうなものだけど。

彩は身構えた。

男は、しかし、それ以上近づいては来なかった。

観察するような目で彩を見ている。

「君は演技も上手なのかな。それとも、それは本心なのかな？」

「意味がわからない」

「これを見れば」男はパソコンのディスプレイ越しに手を伸ばした。腕を器用に曲げて、キーを叩《たた》く。パソコンのカメラに自分の腕が映りこまないようにしていることに、彩は気が付いた。「わかると思うよ」

ディスプレイの中に、もうひとつの画面が現れた。繭子が映っている画面が半分の大きさになり、できたスペースに、それまで隠れていた画面が立ち上がった。

彩の口が大きく開いた。目を逸《そ》らすことは考えられなかった。それが何だかわかった瞬間の彩にできたことは、叫ばないように両手で口元を覆うことだけだった。

「見えるかな、繭子ちゃん。そっちのパソコンにも映ってるよね」機械を通した声の不快な響きが、さっきよりもひどくなった気がした。

ディスプレイの中で、繭子が顔を強張《こわば》らせているのが見えた。必死でディスプレイから遠ざかろうとしているが、拘束されているので叶《かな》わない。

彩は、そんな、と呟《つぶや》いた。何か湿っぽいものが両目の近くまでこみあげてきた。瞬きを繰り返して、画面に見入る。しかしいくら瞼《まぶた》を上げ下げしても、繭子の隣に映っているものは変化してくれなかった。

それは、男だった。病的なほど細い体に、軍人のように刈りこんだ髪の男が床に横たわっている。膚《はだ》は色を失い、目は閉じられ、質素なシャツを着た上半身しか見えない。

けれどその顔は、見間違いようがなかった。ステージにあるときの華やかに化粧をした顔とは違う。それでも賞賛を浴びた美しさは、目を閉じ、青ざめていても変わらなかった。

「凌……？」それは間違いなく「トマス」の片割れだった。ずっと一緒にやってきた相棒が、色をなくした顔で横たわっている。

彩は無意識に前のめりになった。画面に近づいたことで、横たわる男のわずかに開いた襟元が見えた。

その瞬間、こんどこそ彩は悲鳴をあげた。不吉な細い痕《あと》が、首のまわりに浮かび上がっていたからだ。

「彩さんは気付いたらしいね。繭子ちゃんにも見えてる？　喉のところをよく見て」

のんびりと言い、男はカーソルを横たわる凌の首に合わせた。隣の画面の中で、繭子が身をよじった。受けた衝撃が大きすぎて、声をあげることもできないように見える。激しく何度も頭を振って、見えているものを否定しているようだ。

繭子、と彩は呼びかけたかった。落ち着いて。

けれど今は自分が身もだえしないでいることだけで精一杯で、何も言えなかった。

目を下げて、自分が着ているステージ用の衣装を見た。ライブの直前、緊張が高まって弱気になりかけたときに取る行動だった。観衆が望んでいる姿を見せることを考える。彩は美しさと強さを併せ持った女神――その気持ちの欠片《かけら》を呑《の》みこんで、彩は顔を上げた。

繭子の隣の画面を見る。目を閉じて動かない男。その首にある、何かで絞められた赤黒い痣《あざ》。

わけがわからない。

でも、ただひとつ、はっきりと感じたことがある。

目の前の男は、ストーカーでもなければ異常なファンでもない。

もっと恐ろしいものだ。

掠《かす》れた声で言った。

「凌は……死――んだの？」

音声こそ聞こえなかったが、繭子が体を縮めて何かを叫んだ。嘘でしょう、と言ったように見えた。

「嘘じゃない」男の目が三日月を伏せたかたちになっているのを見て、彩は嫌悪感がこみあげてくるのを感じた。「これは生中継の映像だよ」

「凌は、死んだの？」繰り返した。こんどははっきりと発音することができた。

「殺されたんだ」殴られたときのように、彩は眩暈《めまい》に襲われた。床に倒れそうになり、急いで両手で支えた。繭子に弱い姿を見せたくはなかった。それに何であれ、カメラが撮影をしている。「でも君たちは、いや、君たちのどちらかは、そんなのとっくに知っているはずだ」

「どういう意味……？」

男は笑ったまま、パソコンの隣で赤いランプを点灯させているカメラを指した。

「さて、ここからが本題だ。繭子ちゃんには見えないだろうけど、ここにカメラがある。このカメラは、ある場所に彩さんの様子を中継している」

画面の向こうで、繭子が目を見開いた。彩は男をまっすぐに見つめた。撮られているだけではなく、中継されているというのには驚いたが、うろたえてはいけないと思った。

男は彩の表情の変化を期待したらしく、言葉を切ってしばらくこちらを観察していたが、彩が強気を崩さなかったことで落胆したらしい。笑みを消して台詞《せりふ》を続けた。

「中継先は、彩さんを誘拐したライブハウスの楽屋だ。僕は君を攫《さら》ってすぐ、ライブハウスのオーナーに電話をかけた。今ごろスタッフ一同で楽屋に駆けつけて、この映像を見ているよ」

「じゃあとっくに――」

「警察に通報したら君たちを即、殺すと言ってある」

繭子が画面の向こうで何かを言った。何でこんなことするの、と叫んでいるらしい。だが声は届かず、そもそも彩を見てはいなかった。画面の死角にいる誰かに訴えたのだ。

繭子がどこにいるのかわからないが、そこにもきっとこの男の仲間がいるのだろう。仲間がいるということは単独犯ではないということだ。組織とまではいかないが、何人かの集団なのかもしれない。そのことと凌の死がどう結びつくかはわからない。それでも考えることをやめてはいけないと思った。

男は袖《そで》をまくり、ふたたび腕時計を見た。

「ゆっくりしたいところだけど、あまり時間がないんだ」時間。その言葉を聞いたとき、彩の心にくすぶっていた焦りが大きくなった。ライブの開始時間が迫っている！　しかし一瞬あと、膨らんだ焦りは急激にかたちを変えた。凌の死を見せつけられて、その残り時間の問題とどう向き合ったらいいのだろう。二人組の「トマス」。その片方が、いなくなったのだ。「手っ取り早く言おう。君たちに告白をしてもらいたい」

彩は繰り返した。「告白……？」

男は器用に画面のうしろから手を回して、繭子が映っているパソコンのボタンを押した。

「さて、ここからは両方の音声をオンにするよ。繭子ちゃんの声も聞こえる。なんで最初から音声を入れなかったかって？　それはもちろん、うるさいのが嫌いだからさ」

とたんに、画面から繭子の泣き声が溢《あふ》れ出した。聞いているだけで、内臓が掻《か》き回されるような思いがする。ステージに拍手と歓声を届けてくれた女の子が、今は心と体の両方の苦痛を訴えていた。

この男が何者であれ、正気じゃない。こんなことが平気でできるのだから。

彩は唾《つば》を飲みこんだ。

「あんたは……誰？」

「僕はただの会社員だよ」殴りつけてやろうかと思った。男は笑顔のまま続けた。「僕の会社の業務は、お金をもらって頼まれた依頼を遂行すること。それがどんな内容であっても。今回の依頼内容は、こうだ。凌くんが殺されたらその犯人を捕まえて、殺す。依頼人によると犯人はパートナーの彩か熱心なファンの繭子のどちらかなんだってさ」

「何なの、それ」全身が震えた。「あたしが凌を殺したっていうの？　誰がそんなこと。繭子だって……。第一、依頼人て誰よ。そいつこそ犯人じゃないの」

「依頼人は」男の目の表情が不意に変化した。「凌くん本人だよ」

彩の表情が凍りついたのが嬉《うれ》しかったのかもしれない。

男は急に早口になった。

「彼から頼まれたんだ。自分は殺されるかもしれない。殺されるとしたら、犯人は彩か繭子。真犯人に罪の告白をさせて、俺と同じ目に遭わせてやってくれ、と。料金は全額《え》前払いでもらったよ。自分を殺した犯人を見つけてくれなんて、素敵な依頼だね？　江戸川乱歩《どがわらんぽ》の小説みたいだ」男は胸のまえで拳《こぶし》を握った。本当におもしろがっているように見えた。「でも、残念なことがひとつある」笑みが消え、眉尻《まゆじり》が下がった。「凌くんは自分がなぜ殺されるのかは、教えてくれなかった。そこは聞いておきたいな。まあ、あれだろうけど。痴情のもつれっていうやつ」

彩の喉から、は？　と乾いた音が漏れた。

パソコンの画面からは、繭子が息を呑む音が聞こえた。

「なあんだ、やっぱりそうなんだ」男は彩と繭子の反応のなかに、彼にしか理解できない記号を読み取って、勝手な妄想を始めたらしい。「彩さんが殺したんだね？　あれかな。大事なパートナーが、ファンの女の子に手を出したから、怒って殺しちゃったの？」

「殺してない」彩は顔を伏せた。

「じゃあ、繭子ちゃん？　真剣な恋だったのに、ただ遊ばれていただけ。しかもメジャーデビューが決まりそうになったからって捨てられて、それで思わず首を絞めて殺しちやったの？」

違うわ、と繭子が泣きながら言った。「そんなことするわけない！」

彩は目を上げた。男でも、画面の向こうの繭子でもなく、首に痣を作って倒れている凌を見た。

凌は白木のフローリングの上に倒れている。色を濃くした日差しが、凶悪な痣のうえに降り注いでいた。凌のアパートの床とそっくりだ。日当たりも、ちょうど今くらいの時間、窓から光が入る。これは彼の部屋なのか？　自分の部屋で殺された？　殺された……本当に、凌は死んだの？

「じゃあ、どっちだろう」男はわざとらしく首を捻《ひね》っている。「ねえ二人とも。この様子はさ、ライブハウスの人たちに見られているんだよ。誤魔化そうとしても無駄。それに、『トマス』の片割れは死んだんだ。今夜のライブは、中止だね」

そんな、と泣いたのは繭子だった。繭子ももちろん、今夜のライブがメジャーデビューをかけた大事なものだということは知っている。一緒に喜んだのは先月のことなのに、そのときはまさか、こんな事態になるとは予測していなかった。

彩はもういちど懐中時計を見た。

五時三十分を過ぎている。見えない手に喉を絞められている気がした。

本当なら、ステージの裏でバンドメンバーと最後のリハーサルをしている時刻だった。メジャーデビューに向けた晴れ舞台のための……。

彩は拳を握りしめた。

路上でマイクを握り、初めて声を出した日のことが蘇《よみがえ》ってきた。あの緊張と期待。通行人から向けられる好奇の目。罵声《ばせい》もあった。それでも歌い続けた。苦しみの隙間から溢れる高揚。繭子が目を輝かせて聴き入ってくれた。次第に足を止める人が増えた。凌の美貌《びぼう》にあがる歓声。彩に降り注ぐ花束。その全部が、今夜、実るはずだったのに……。

悔しさを噛《か》みしめた。それでも、と思った。

気が付けば声に出して、はっきりと宣言していた。

「あたしは、今夜のステージに立つ。一人でも」

男は驚いた様子で、え、待って、と囁《ささや》いた。機械に削られていない男の生の声は低くなめらかで、人の声に敏感な彩の耳にも魅力的に聞こえた。

男はすぐにボイスチェンジャーを通すのを忘れていたことに気付いて、焦りながら口元に右手を持って行った。

「何だって？」

「あたしは殺してない。あたしが凌を殺すわけがない」男を見る。目にふたたび力が戻ってくるのを感じた。『『トマス』は双子よ。魂の片割れなの。片方が残っている限り、『トマス』は死なない。今夜のステージには、何がなんでも立つ」

男は苦笑いした。一人で立ってどうするのだ、と目で問いかけているようだ。萎《しぼ》んでいく心をふるいたたせるために、彩は自分に言いきかせた。

たとえ一人でも歌う。一曲だけでも——凌の不在も、今夜来る音楽会社の人への説明も、とにかくステージに立たなければ何の釈明もできないのだ。

「そうよ」画面の向こうから、繭子がしゃくりあげながら言った「彩がいれば『トマス』は死なないわ」

「ふーん、そうなんだ。で、どっちが凌くんを殺したの？」

彩と繭子は殺してない、違う、と声を重ねた。

男は額に指をあてがい、わざとらしく頭を振った。

「しらを切りとおせば解放されるとでも思っているのかな。それはないよ。僕たちはプロだからね。受けた依頼は、きっちり果たすんだ。どんなことをしてもね」

男は微笑を浮かべ、ボイスチェンジャーを握っていた腕をおろした。靴音を響かせながら、こちらに近づいてくる。さっきとは違い、立ち止まる気配はない。

彩は思わず身を引いた。今度こそ、危険な予感がした。想像したよりも悪いことが起こる気配がする。繭子が画面の向こうから、何度も彩の名前を叫んだ。

彩は素早くあたりを見回した。カットされたケーキの形の部屋。純白の壁。ひとつだけの大きな窓……。

もしかしたらと思っていたことが、確信に変わった。

彩は男に向き直った。

「楽屋に、生中継してるのよね？」

男は足を止めた。瞬きをする。

「そうだよ」

彩は笑いがこみあげてくるのを感じた。

「だったら……」息を深く吸い込み、声を張り上げた。「あたしはライブハウスの二階にいるわ！『セレスタイト』が入ってたところよ！」

男が目を見開き、ボイスチェンジャーを握ったまま立ち尽くした。

彩は唇を曲げた。目は男から離さなかったが、パソコンの画面の向こうで、繭子が縋《すが》るようにこちらを見るのがわかった。

「ここはカフェ『セレスタイト』が入ってた部屋でしょ。そうでしょ？」彩は目で特徴的な室内を見回した。切り分けられたケーキのような二等辺三角形。ライブハウスのオーナーが建物を改装して作ったカフェだ。客の入りが悪くて一か月前に閉店したが、何度もここでミーティングを行ったから、部屋のかたちは知っている。

目が覚めたときには、確信は持てなかった。よく似ているとは思ったが、内装が取り払われていたからだ。だが彩を楽屋で気絶させたなら、確かにいちばん運びやすい場所だろう。

男は彩の言葉にたじろいだように見えた。

その姿に確信が強まり、彩は声に力をこめて青年を追い詰め続けた。

「やっぱり、そうなのね。片付けられても部屋のかたちは変わらない。……ここはライブハウスのすぐ上のフロア。すぐに人が来る」

男の顔に新しい驚愕《きょうがく》が浮かぶのを見届けてから、繭子を見た。繭子は張り付いた長い髪の隙間で目を見開いていた。

「大丈夫、もうすぐ助けがくるわ。あなたがどこにいるのか知らないけど、必ず助ける」

「……彩ぁ……」

繭子の両目から新しい涙が零《こぼ》れ落ちたが、それは悲しみの類《たぐい》のものではなかった。

「どうする？」彩は立ち尽くしている男に向き直った。「逃げないと人が来る。でもどこから逃げるのかしらね。扉はひとつだし、開かないんでしょ？ それとも窓から飛び降りる？ でもその窓、外に格子があるの。あんたの図体じゃ絶対、通り抜けられない。おとなしく捕まったら？」

「この、窓？」男がブラインドで隠された窓を指差した。「外に格子が……？」

男は呆然《ぼうぜん》と呟《つぶや》いている。

そんなことも確かめなかったの？ と彩は鼻で笑った。

カフェ「セレスタイト」の窓は通りに面している。下見しておけば、必ずわかったはずだ。牢屋《ろうや》のような頑丈な格子がついていることが。

「そうよ」馬鹿ね、という意味をこめて言った。「逃げられないわよ」

男は顔を伏せた。

「ほんとに？」

次の瞬間、彼はブラインドを鷲掴《わしづか》みにして引き下ろした。

眩《まぶ》しい光が彩の目を刺した。だがそれは、自然の光ではなかった。

窓ですらもない。窓枠の向こうには、白く発光する電球がびっしりと埋め込まれていた。そのうしろはただのコンクリートだ。窓自体が存在していなかったのだ。

彩は、言葉を失った。

一瞬で形勢を逆転させた男は、余裕に満ちた笑みを浮かべながら偽物の窓辺を通り過ぎ、特徴的な三角形の部屋の角に立った。ケーキに喩《たと》えたら、だいたい誰もがそこに最初にフォークを刺すもっとも細い部分だ。男は見せつけるように彩を振り返り、三角形の角を蹴《け》った。

鈍い音と共に、白い壁がうしろへ倒れた。

現れたのはコンクリートが剝《む》き出しの四角い空間だった。倒れた壁は、まだ彩を取り囲んでいる空間の端にぶらさがるようにして、崩れた。

「わかった？　ここはライブハウスの二階じゃない」ボイスチェンジャーをあてがって、男は言った。「この部屋は造り物。そっくりにできてただろ？　君がよく知ってるカフェの店内と」

彩は言葉が出ないどころか、考えることもできなくなった。

「こういうのがいちばん、効果的なんだ」男は喉《のど》を震わせて笑った。「形勢を逆転できたと思い込ませてから、その心をへし折る。ねえ今、どんな気分？　まだ抵抗できるかな？　本当のことを言う気になった？」

男は笑い続けている。

不意に、悲鳴が聞こえた。繭子が叫んだのだ。


「繭子！」画面のなかの繭子は、激しい恐怖に顔をひきつらせている。その視線は、画面には映らないどこかを見ていた。「繭子、どうしたの！」

呼びかけたが、繭子には聞こえていないようだ。彩の声もわからないほど怯《おび》えさせる何かが迫っているのだ。やめて、と哀願する声が、彩を慌てさせた。

「繭子に何するの！」

男は首を傾げている。

「僕たちを舐《な》めないで欲しいな。プロは仕事を遂げるためならなんでもする。言わないなら、君たちから大事なものを奪うまでだ」

「大事なものって――」

「繭子ちゃんからは、目だな」

戦慄《せんりつ》が奔《はし》った。

男は爽《さわ》やかに笑っている。

「耳とどっちにしようか迷ったけど、ライブの華やかなステージを二度と見られないようにしようかなって」

「な……何を……なんで、そんなこと……」

「それが仕事だからだよ。残念だ、犯人じゃないほうは無傷で自由にしてあげようと思ってたのに。真犯人が名乗らないから、二人とも怪我することになっちゃった」まるで彩たちが悪いかのような言い方だ。

「おかしいわよ！　何言ってんの！」

「彩さんからは、顔を奪う」

画面の向こうから溢《あふ》れていた悲鳴が止まった。男の言葉を聞いたとたん、繭子が息を止めたのだ。

男は目で彩の足元を指した。

「『トマス』は二人とも美形が売りだもんね」

言うなり、男はジャケットの懐から短い棒状のものを取り出した。ナイフだ。鞘《さや》を取り去ると、輝く刃《やいば》が現れた。先端がわずかに欠けている。実際に使ったから刃こぼれしているのだ、と考えると怖ろしさが増した。

「なんで……なんで、こんなことできるの」

「君たちのどちらかが、凌くんを殺したからさ」男はナイフの柄《つか》を握り、こちらに近づいてくる。「白状するまでとことんやるよ。僕たちはそういう会社だから」

「待っ――」

「私なの！」突然、繭子が告白した。「私がやったの。私が凌を殺した」

画面を見た。繭子は泣き腫《は》らした目でこちらを見ている。

「その人の言う通りなの！　私、凌と……ごめんなさい。でも凌は、私とは遊びだって……もうしないって……二度とライブにも来るなと言われたの。だから私、凌を殺したの。首を絞めて」

彩は口を開いたが、声は出なかった。あまりにも強い感情がこみあげてきて、喉が麻《ま》痺《ひ》してしまった。

「そうか君か」男は唇を舐めた。「君が犯人なんだね？」

「ええ、そうよ！　だからもう、こんなことはやめて。彩に何もしないで」

「何言ってるの！　あなたがそんなことするわけ……っ」

「したの、彩。ごめん、私なのっ」語尾が涙に呑《の》みこまれた。

しゃくりあげて首を振っている。彩は混乱の下から怒りが湧いてくるのを感じた。

「嘘っ！」

「どうやったの？」砂嵐の声が割って入った。「首を絞めるのに使った凶器は？」

「え……」繭子の声が萎《しぼ》んだ。「確か、電気コード……」

「違うな」男は笑った。「あの跡は電気コードじゃない。僕が欲しいのは真犯人の告白なんだ。嘘はいらない」

「本当に、あたしたちじゃない！」

「じゃあ誰が殺したの」

「知るわけないでしょう……」彩は額を押さえた。涙が、止めどもなく溢れてきて、頬を伝った。

男はパソコンのカメラに自分の顔が映り込まないよう気をつけながら、繭子の側にいる誰かに呼びかけた。

「いいよ。やっちゃって」

画面の向こうから返事はなかった。だが繭子は、さっきよりも絶望的な悲鳴をあげた。こちらでは男がナイフを握り直していた。刃先が鋭く光を跳ね返している。

彩は、赤いランプがついたままのカメラを見た。

それからまた、近づいてくる男に目を移す。男の足が床を踏む速度は、ちょうど一秒間を刻んでいるように思えた。貴重な一秒だ。それが過ぎて行く。

彩は問いかけた。

「犯人じゃなかったら、どうする？」

男は足を止めた。

「君たちが本当に犯人じゃなかったら？　そしたら解放してあげるよ」

「嘘」泣きじゃくりながら繭子が言った。「二人とも殺す気なんでしょう」

「そんなことしないって」男は語気を荒くした。驚いたことに、その声は本気だった。

「僕たちは依頼されたことだけをやる。凌くんの依頼は、自分を殺した犯人を同じ目に遭わせてやってほしいというもの。犯人じゃない方に用はない。さっさと逃がすよ」

「顔を見たのに？」訊《き》かずにはいられなかった。「警察に——行くかもしれないのに」

男はナイフの柄で頭を掻《か》いた。

「世の中の裏側は、けっこうディープなんだよ。警察にも手を出せない世界というのがあるのさ。僕たちはそういう世界にいる。君たちのどちらかが、仮に警察に行こうとするだろ。そしたら不思議なことが起こる」口角が持ちあがった。「警察署に着く前に、なぜか暴走車が突っ込んで来るんだ。あるいは通り魔に刺されたりね」

彩は心が黒く塗りつぶされるのを感じた。

だが同時に、でも、とも思う。

もし、ふたりとも自由になれたら。警察に彼らのことを話しさえしなければ、今までのように生きていけるということか？

長考している時間はない。繭子を助けなければ。私自身を……そしてずっと追いかけてきた夢を守らなければ。大事なステージの時刻は、すぐそこまで迫っている。

「今言ったことは、本当ね？」

確かめずにはいられなかった。

「本当だって」男は面倒そうに眉間《みけん》を掻いた。「でも自分が犯人だと名乗るより、犯人じゃないと証明するほうが難しいよ。だって凌くん本人が、君たちのどちらかだと言ったんだから」

「でも、あたしたちじゃない」

言い切るなり、彩は床を蹴《け》って腕を伸ばした。赤いランプが点灯を続けるカメラを握り締める。

男は咄嗟《とっさ》に体を捻《ひね》った。彩は思い切り、今残っている力のすべてを振り絞って、カメラを投げつけた。繭子の悲鳴が聞こえた。カメラは男の頭上を飛び越え、背後の崩れた壁にあたり、跳ね返って、剝《む》き出しのコンクリートに叩《たた》きつけられた。

彩！　と叫ぶ繭子の声に、破片が飛び散る音が重なった。赤いランプが消える。

「待って」応戦しようと男がナイフを構えたのを見て、彩は片腕を伸ばした。「聞いて……」

男はナイフを構えた姿勢のまま止まった。

これは本当に賭《か》けだ。しかし、こうする以外にない。

「わたしも彼女も、凌を殺してない」こみあげてくる感覚と戦いながら、声を絞り出した。「だけど……殺そうとは、し、て、た、の」

「彩……？」

呆然《ぼうぜん》と、繭子が呟《つぶや》いた。どうして言っちゃうの、と問いかけが続く。

彩は画面を見ずに言った。

「カメラは壊した。もうどこにも中継されてない。いつものわたしたちに戻っても大丈夫」

「いつものわたしたち？」男は混乱しているようだ。ボイスチェンジャーを口元にあてがい、ナイフを握った手で胸のサングラスをいじっている。「どういうこと。あっ！　もしかして、君たちは二人で凌くんを殺したということ？　弄《もてあそ》ばれて捨てられたファンの女の子と、裏切られたパートナーが手を組んだ。そういうことか！」

「殺してないと言ってるでしょう。バカね」思わず罵声《ばせい》を投げつけた。

懐中時計を探る。針は五時四十五分の位置にあった。ここがどこだとしても、都内であれば一時間もあればなんとか間に合う。安堵《あんど》と緊張が混じった気持ちで文字盤の脇にあるスイッチをいじった。丸い文字盤が蓋《ふた》のように開いて、本体との隙間ができた。そこに入れてある白いカプセルを男に見せる。

「何だかわかる？」

男は首を傾げた。

「青酸カリ入りのカプセルよ。殺すのに充分な量が入ってる。これを凌に飲ませるつもりだった。でもこれはまだここにある。この意味、わかるわね」

男は何かを考えるふうに目を下に向け、唇を空振りさせていたが、やがて途切れがちに言葉を紡いだ。

「君がそれを持っているということは――やっぱり繭子ちゃんが犯人か」

男の物わかりの悪さに怒りがこみあげてきた。

「違う。繭子でもない。繭子がやるわけがないの。だって」画面に目を遣《や》る。首に痣《あざ》を巻いて死んでいる男ではなく、こちらを一途《いちず》に見つめる繭子に頷《うなず》いた。「……繭子が、彩なんだもの」

「えっ？」男が呆《ほう》けた声をあげた。

その声を押しのけるようにして、繭子が即座に叫んだ。

「違う。あなたが彩よ。あたしが創り上げた、最高にかっこいい歌い手――」

男の目が激しく瞬きをした。「君たちは……」

彩は繭子を見つめたまま言った。

「わたしは人気アーティストの片割れ、繭子は『トマス』のいちばんのファン。世間はそう思ってる。でも本当は違う。繭子こそ、『トマス』の彩なのよ。わたしは彼女が作った人形なの」

「それは違う」繭子が反論した。さっきまでの泣き声が嘘のように落ち着いた声だ。しかし、感情がこもってもいる。「あなたは最高にクールで、魅力的な歌手。あたしはほんの少し手を貸しただけ」

彩は微笑んだ。温かい涙がこみあげてきて、静かに頰を滑った。

「ちょっと待って」男の動揺は相当なものなのだろう。カメラはもうないというのに、ボイスチェンジャーを離そうとしない。「話がよくわからないんだけど。つまり、君たちは、えーっと……最初から知り合いだったということ?」

彩は男を見た。男は、不思議そうに見つめ返してきた。彩の瞳《ひとみ》に浮かぶ、深い表情に打たれたからかもしれない。

「自分が歌手になれるなんて想像もしていなかった」男から繭子に視線を移し、彩は言った。「繭子に会うまでのわたしは、自分のことがどうでも良くて、適当に生きていた。アルバイトしながら生活していた頃、バイト先の喫茶店に繭子がよく来たの。いつも何か書き物をしてた。あるとき、興味があってちょっと覗《のぞ》いたら……」そのときの記憶が胸を照らし、彩は思わず微笑みを深くした。

おなじ場面を思い出してくれたのかもしれない。画面の向こうの繭子もかすかに笑った。

「繭子は詞を書いてた。歌詞。素敵な言葉がいっぱい。でも、聞いたことがない歌だった」

「あたしの書いた詞を、彩は褒めてくれた。とってもいいって」

彩は頷《うなず》いた。

心を占める緊張の隙間から、あの日の甘い衝撃が蘇《よみがえ》った。

本当に素晴らしかったのだ。それは束縛する相手を振り切って、自由に生きようとする女の子の歌だった。あの詞の少女のように強く生きられたらと思った。そんな詞を書ける繭子に、彩は憧《あこが》れを抱いた。それ以来、彩と繭子は友達になり、友達としてありきたりまえの遊びをした。カラオケボックスに行ったこともある。あれは単純に、ありきたりの場所に行ったつもりだったけれど、もしかしたらお互いに思うところがあったのかもしれない。

「彩は最高に歌がうまかった」繭子はうっとりと囁《ささや》いた。「あんなにかっこいい声、初めて聞いた。本物の才能って、こういうのだって思った」

「褒められたのは初めてだった。というより、それまで誰かとカラオケに行ったことがなかったの。歌うのは嫌いじゃなかったけど、とくべつ好きでもなかった。繭子がすごいって言ってくれるまでは」

「本当に、すごかった」繭子の口調が速くなっていた。「歌手になりなよって、あたしが言った。作詞はあたしがやる。彩は、きれいなのに、メイクも服も適当だった。全部あたしが考えたの。最高の彩を創るために」

あれ？　と男が口を挟んだ。

「確か『トマス』のプロフィールには、作詞も衣装デザインも彩さんがやってるって書いてあったよね」

彩は目を逸《そ》らしたが、繭子が「黙れよ」と一喝した。そのまま さらに早口になって続ける。繭子にもわかったのかもしれない。彩が唯一賭けた、この場から脱出できる可能性に。

「でも、あたしも彩も曲を作れない。だから探した。今はインターネット上に自分の曲を投稿している人がたくさんいる。そこそこいい曲を作るやつらのなかから凌を選んだのは、顔が良かったから。それに借金もあったから、こっちの言うことを聞くと思ったの。すごい馬鹿なやつだったけどね。ちょっと褒めたら、べらべらと自分のことを勝手に喋《しゃべ》ってくれた」繭子は嘲笑《あざわら》うように言ったが、実際そのとおりだったなと彩は思い返した。「友達はいない、金もない。だからこそ、あたしたちには都合が良かった。あたしはすぐに『トマス』を考え付いた。かっこいい女と美しい男……みんな飛びつくと思った」

「人気があるとはいっても、メジャーデビューしてない歌手が、借金を返せるほど稼げるの？」

男は眉《まゆ》を寄せて言った。相変わらず、ボイスチェンジャーを口元にあてている。

「繭子の家は、お金持ちなのよ……」

「金だけはある。金だけね」唾《つば》でも吐くような言い方だ。「そんなのいらないって、いつも思ってたけど。でも『トマス』のために使えたのは嬉《うれ》しかった」

突然、男が晴れやかな声で笑った。

「お金の使い道って人それぞれだね」

引っ掛かるものを感じて、彩は男を見た。

男は鼻の頭を掻《か》いている。彩と目が合うと、「続けて」と小さく微笑んだ。右手にはまだ、ナイフを握っている。

彩ではなく、繭子が続けた。

「ライブハウスを使うお金、CDの制作費、たくさん使ったけど後悔はしてない。『トマス』はすぐに人気者になった。それが、あたしには嬉しかった」

溢《あふ》れて来た涙を彩は何度も拭《ぬぐ》った。カメラが回っていたあいだは、強がることができた。でもそれは彩自身のためではなかった。繭子がお金と才能を注ぎこんで創り上げた彩というアイコンを穢《けが》したくなかったからだ。

男は考え込んだ。

「……それならなんで、凌くんを殺そうとしたの。メジャーデビューが決まりそうなときに」

「あいつが」繭子が苦い声で言った。「もうやめるなんて言ったから」

「そう」彩は顎《あご》を上げた。「メジャーになれば、テレビにも映る。全国規模になる。そんなのあたりまえのことなのに、今さら、女装して有名になりたくないとか言いだしたの」

「俺ひとりでもやっていける、とかね」短い笑い声を混じらせた。「ほんとに馬鹿。彩の魅力が『トマス』の命よ。あいつなんかオマケのくせに」

「でも、曲は彼のなんだろう？　それに、殺したことがばれたらメジャーデビューもおしまいじゃないの？」

「曲はまた、新しい人を見つけるつもりだったの。それにね、スカウトに来た人が言ってた。曲があまりよくない。他の人をつけるかもって……」

繭子の言っていることは本当だ。だからこそ、凌の死体を見せられても希望は捨てなかった。自分だけでも、スカウトの話は消えないだろう。ただし――、

「ばれないようにやるつもりだった。あいつ、昔、自分で楽器屋を立ち上げたもののすぐ潰《つぶ》しちゃって、その借金のことで頭がいっぱいだった頃から、睡眠薬を使ってた。だからあたし、売人から青酸カリ入りのカプセルを買った。あたしがあいつのピルケースに混ぜておくつもりだったのに、彩がやると言ってくれた。共犯者になると言ってくれたの」

彩は懐中時計の文字盤を閉じた。

「まだ、入れてない。メジャーデビューがかかってるライブの前に死なれちゃ困るもの。やるのは、今夜のはずだった。だからさっき凌が殺されたと聞いたとき、そんなはずないと思ったの。繭子が一人でやるとしても、今日殺すなんてありえない」

「遺書を用意しておいた。メジャーでやっていく自信がないから自殺するって書いた手紙、あいつの字を真似して、あいつがいつもライブのときにつける手袋をラテックスの手袋の上からはめて、あたしが書いた。そうすればごく微量のDNAが紙につく」

「繭子は頭がいいわ」

「彩を守るためだよ」

二人は言葉を切った。

男は何も言わなかった。彩は二人のあいだでだけ感じる魂の共鳴を、しばしの間、味わった。

それからまた、話を続けた。

「その遺書は郵便でわたしに届くようにしておいたの。でもまだ、投函《とうかん》してない。凌が死んだら、その遺書を音楽会社の人に見せて、こう言うつもりだった――」

「悲劇性を帯びたヒロインとして売ろうって。新しいパートナーを見つけてもいい。かつての最愛の人の死から立ち直ったヒロイン。会社の人もきっとのってくる」

それは今このときも変わっていない計画だった。

ライブのステージに、彩は一人で立つ。戸惑うファンの前で一曲だけ披露する。それからここで起きたことを説明してもいい。とにかく、今日のステージをすっぽかすことだけは避けたい。ここがどこなのかわからないが、ライブハウスからはるか遠い場所ということもないだろう。たとえ十分遅れでも十五分遅れでもいい。今ならまだ、間に合えば、まだ、夢の緒は途切れない。

懐中時計を見た。六時ちょうど。

彩の心臓が高鳴った。早くして。もうわかったでしょう。わたしたちは犯人になれなかった。

そう思ったとき、不意に考えが浮かんだ。

もしかしたら凌は自殺したのかもしれない。彩と繭子の計画に気付いて、そのくらいなら一緒に自滅してやると。だからこの男の会社に依頼をしたのかもしれない。殺されたふりをして。

「君たちは」男は彩と繭子を、手にしたナイフの刃先で順繰りに指した。「本当に、仲がいいんだね。まさに双子《トマス》だ」

彩は心の中で頷いた。この男はクレイジーな誘拐犯だけれど、今の言葉だけは的を射ていると思った。

「わかってくれた？　わたしたちは犯人じゃない」

「うん」男は手を伸ばし、パソコンのキーを押した。「実はね、最初からそれはわかってたんだ」


男の指がキーを押した途端、ディスプレイから繭子も凌の死体も消えた。

代わりに、眩《まぶ》しい光に満ちた映像が現れた。思わず目を瞑《つむ》ってしまうほどの光だ。反射的に顔を背けたとき、ありえないはずの声が耳に飛び込んできた。

「おいみんな、聞いたか⁉」

彩は目を見開いた。

若い男の、聞き慣れた声だった。引きずられるように、大勢がざわめく声が湧きあがる。

「今の、聞いたよな！　これが彩の正体だ！　追っかけの繭子は、ただのファンじゃない！　おまえらがすげえすげえ言ってる歌詞を書いたのも、かわいいかわいい騒いでる服を作ったのも、ぜんぶあの地味な女なんだぜ！」

「え？　な……何……」

戸惑って、声を漏らしたときだった。

おなじ声が、画面の向こうから聞こえてきた。

『え？　な……何……』

慌てて画面を見た。溢れる光は収まり、画面に映っているものが今ははっきりと見える。

ライブハウスのステージだ。彩が「トマス」として何度も立ったステージ。そこに、男がいる。ざっくりしたシャツとズボン、ぼろぼろのスニーカーを引っ掛け、軍人のように頭を刈りこんだ男。整った美貌《びぼう》が、その恰好《かっこう》とは不釣り合いだ。見間違いようがない。——凌だ。生きている……。

凌の背後のスクリーンには、彩と繭子の顔が大映しになっている。繭子は目を見開いて固まっていた。その隣の分割された画面のなかでは、彩が狼狽《ろうばい》している。凍りついた表情。落ちかけた化粧。いつの自分なのか、一瞬、わからなかった。しかし逃げるように身を引いた直後、スクリーンの自分もおなじようにしたので、彩はそれが生中継されている映像だと理解した。

「聞こえてるか、彩！　繭子！　たった今この会場の全員に説明してたところだ。おまえらが俺を殺そうと計画してたんで、俺は死んだふりをしておまえらを引っ掛けたって。ベラベラとまあ、都合よく話してくれたな。ありがとよ。おかげでこの会場のやつら全員、おまえらの正体を知ったぜ！」中指を立てる。「これがどういう意味か、わかるよな」

わかりたくもない。彩は無意識のまま両手で頭を押さえた。耳を塞《ふさ》げばよかった、と思ったのは、その直後に凌がダメ押しのように言葉を続けたからだった。

「まあ警察には行かないでいてやるよ。おまえらが楽しみにしてた音楽事務所の人にも、今の聞かれたしな。ファンを騙《だま》して、そのうえ、邪魔になったからって相方の殺害計画まで立てた彩を、まだどっかの事務所が拾ってくれると思うか？　世の中がそんなに甘ければいいよな」

言い切ると、マイクを捨てた。ハウリング音が会場に響く。そのあとを追うように、集まった観衆のざわめきが大きくなった。ステージには彩の顔が映しだされている。それに向かってスマートフォンのカメラを構える観衆が何人か見える。繭子の姿は消えていた。

「……わたしは……」言葉と一緒に、何かが漏れだした。自分は泣きだしたのかと思ったが、そうではなかった。とても大事なもの、これまで自分を支えていた芯《しん》のようなものが、溶解して胸から流れ出て行く。「わたし――」

ステージのスクリーンに映る彩の口からも同じ言葉が漏れた。いつもそこに美しい衣装を着けて颯爽《さっそう》と立つ彩とは程遠い、追い詰められて震えるか弱い女の子でしかない。

観衆の誰かが言った。完全に、小馬鹿にした声で。おい、なんとか言えよ。

唐突に、画面が消えた。

男がディスプレイを倒したのだ。彩は肩を揺らし、男を凝視した。

「そういえば、僕の名前を言ってなかったね」微笑んだが、目には表情が表れなかった。サングラスをいじっている。

「僕は義波。仁義の義に波と書く。僕が属している裏の組織というのは、復讐《ふくしゅう》代行業。お金で誰かの恨みを晴らしてあげる仕事だよ」

「恨み……？」

「恨みを晴らすといっても、どこかの時代劇みたいに相手を殺すとは限らない。今回みたいに、ターゲットの大事なものを潰《つぶ》すことがいちばんの復讐になることもある」

「でも、おかしいわ」叫んだつもりだったのに、囁《ささや》き声しか出てこなかった。「カメラは壊したのに……それに、時間――なんで、お客さんがもう入ってるの……」

「これ」男はボイスチェンジャーなしで言った。指は、胸に挿したサングラスを示している。

彩は目を凝らした。

男が心得ているように体を傾けた。ブラインドを剝《は》ぎ取られた人工の光が反射して、レンズが透けた。男のジャケットの黒がレンズに映っていただけで、実際は透明なレンズの眼鏡だったらしい。

「ただの眼鏡じゃないんだ。フレームのところに銀色の飾りがついているだろう？　これね、カメラなんだ」

カメラ。彩は心臓を締め上げられた気がした。

「今は止めたけど、さっきまで作動していた。といっても、生中継を始めたのは途中からだ。ちょうど君が、自分と繭子ちゃんの秘密を話し始めたあたりから。凌くんの死体画像は、本人にメイクをしてもらって、あらかじめ撮っておいたものを流しただけ」

「でも」繰り返した。そのこと以外は考えられなかった。そこさえなんとかできれば、今見たものはすべて悪い夢にできる。そんな気がしていた。「時間……まだ、お客さんが入る時間じゃない……」

「ああ、うん。時間ね」

男が自分の袖《そで》をまくった。

腕時計の文字盤を見せる。時計の針は、彩のよりも一時間、進んでいた。

「時は不確実なり、ってね。こっちが本当の時刻だよ。今は午後七時十五分。ライブ開始時刻に、この映像を会場に流した。繭子ちゃんはライブハウスのオーナーに『トマス』を贔屓《ひいき》してもらうためにお金を渡していたね。金で動く人間というのは、他の人間からの金でもあっさり言うことを聞く。僕らはオーナーに頼んで、彩がいなくても客を入れてもらうように頼んだ。そこからは凌くんが楽しくやったというわけ」笑みを消した。

彩は何も言えなかった。凌の言葉が頭のなかを回る。すべて聞かれた。嘘も、殺害計画も。それでもまだ拾ってくれる事務所があると思うか？　彩の歌を欲しがってくれるファンが残ると思うか？　世の中はそんなにやさしいか？

いくら考えても、ＮＯという答えしか返ってこない。

「さて」男はナイフの刃を鞘《さや》におさめ、腰に差した。その手でポケットを探り、スマートフォンを取り出す。耳にあてがうと、親しげに喋《しゃべ》った。「《立案者《プランナー》》、もう撤収するよ」

携帯電話を耳にあてがい、少年は笑みを浮かべた。仲の良い友達と会ったときの、無邪気な笑顔そのものだった。

「うん。わかった」

その声は、目を閉じて聞けば少女のものにも聞こえる。

藺子はこの一時間近く、自分の傍にいた少年を見つめた。

ここがどこかはわからない。目が覚めたら腕も足も拘束されて床に転がされていた。暗く、狭い部屋だ。太いパイプが壁際に何本も通っている。電気の制御盤のようなものもある。埃《ほこり》とカビの臭いがした。どこからか、低い音が響いて来るが、それが何なのかはわからない。

藺子の目の前に置かれたディスプレイには、ざわめくライブハウスが映っている。彩の映像は唐突に途切れた。残ったのは楽器が並べられたステージと、不満や悲鳴。裏切られた、とか、殺そうとしてたの、といった言葉が、ざわめきの隙間から聞こえる。気のせいだと思いたいが、そのざわめきと室内に響く正体不明の音とは連動している気がした。

藺子は頭を床につけた。縛られ続けた全身が痛い。無意識に、ガムテープで拘束されている足首を動かした。

「じゃあ」少年は声を弾ませた。「ぼくはもう行くね」

藺子は溢《あふ》れてくる涙越しに少年を見た。

少年は中学生くらいに見えた。髪は男の子にしては長く、膝《ひざ》までのズボンとTシャツを身に着け、足元はスニーカーだ。

復讐代行業？　そんなものには見えない。たとえズボンの腰にアイスピックが——目を刺されるかと藺子を怯《おび》えさせた凶器が挿してあっても。

「あなたは……誰なの」この部屋で目覚めて最初に口にした質問を、繭子はもういちど投げかけた。

少年は振り返った。女の子のような大きな目が何度も瞬きする。

「ぼく？」

「復讐代行業って――……何なの」言ったとたん、新しい涙が溢れてきた。「あたしも復讐できる？　凌に」

少年は目を細めた。同情するような光が浮かんでいる。

「そうしてあげられたらいいんだけど、たぶん無理だ。ぼくは入ったばっかりで、ほんとは現場にも出ない。今日だけ、ぼくの仕事がうまくいくか、見学ついでに手伝っただけだし。……それに、仕事を引き受けるか決めてるひと――ぼくたちのボスが言ってたよ。君たちが被害者のままだったら、依頼人になれたのにって。でも仕事を頼みにきたのは凌のほうで、彼には復讐の理由があった」

繭子は喉《のど》を鳴らした。涙だけでなく、嗚咽《おえつ》もこみあげてきた。

少年はディスプレイを畳み、パソコンを抱えて歩き出した。

繭子は体を倒して少年の行き先を見た。繭子の頭側の壁にも扉があることに、そのとき初めて気が付いた。

「あっそうだ」ノブに手をかけたとき、少年は思い出したように言った。「えっと、彩さんはすぐに解放するし、この場所のことは教えておくから、迎えに来てくれると思う」そこまで言って少年は何かを思い起こすように目を天井に向けた。「……実はここ、ライブハウスの機械室なんだよ。ステージのちょうど裏側かな」

藺子は目を閉じた。やっぱり、と思っただけだった。もちろん気付いていたわけではない。ただパソコンがなくなった今も、人のざわめきのような音が聞こえて来るから、そうではないかと思っただけだ。

少年は扉を押し開けて出て行った。廊下には明かりが見えたが、叫ぶ気力もない。扉が閉まる。音が響いて、消える。

あたりは暗闇に包まれた。藺子は声をあげた。泣き声でも悲鳴でもない、ちぎれた心の欠片《かけら》が溢れ出した音だった。


「早く迎えに行ってあげなよ。藺子ちゃんは意外な場所にいるから」

男は折り畳んだメモを言葉も出ない彩の手に握らせた。藺子の居場所が書いてあるらしい。だが彩は、もう指先さえ動かすことはできなかった。

パソコンを持ち、カメラの破片を掻《か》き集めた男は、それらを抱えて部屋の扉を蹴《け》った。ノブがない扉はあっさりと開いた。その向こうには、狭い廊下が続いていて、そこもすでに夜の暗闇に包まれていた。

男の足が廊下に出る。それを目の端に捉《とら》えたとき、彩は唇を動かした。このまま消えてしまいたいほどの絶望のなかで、これだけは言っておかなければと思ったのだ。

「わたしたちがどんなに頑張ってここまできたか……わかる？」

男は動きを止めた。

聞いているのかいないのか、判断することさえできなかったが、それでも彩は言葉を絞り出した。

「お金があっても、才能があっても、努力しなくちゃ夢は叶《かな》わない。その努力がどれほどのものだったか、あなたにわかる？　努力してきたのはわたしたちだった。凌はいつも言われたとおりに動いていただけ……あいつの借金も肩代わりして、口止め料代わりの小遣いだって渡してやった。あいつがファンの女の子に手を出して泣かせたときも、わたしたちが頑張ってなんとか収めた。わたしと繭子は確かに、凌を殺そうとした。それはいけないことかもしれない。でもわたしたちは本当にたくさんの苦労を積み上げてきたの。たったひとつの夢のために。それをぜんぶ無駄にさせて、あなたは心が痛まないの……？」

男は低く唸《うな》った。

「心。心ねえ……」

ゆっくりと男のほうを見た。男は横顔で考え込んでいる。

「僕には心はないよ。あるひとにあげちゃったんだ。今はそのひとが持ってる。だから、痛みは感じない」

そう言って、扉の向こうに消えていった。

白い光があふれる部屋に、一人で取り残される。

彩はもう、どこにも行きたくないと思った。


通りの向こうに捜していた人物を見つけて、義波は運転席から手を振った。

小柄な少年はすぐに気付いて駆け寄ると、助手席のドアを開けた。

「おつかれ。どうだった？　初めて仕事を見学した感想は」

少年が隣に座ったのを確認し、義波は車を発進させた。

少年は大きく息を吐いた。腰からアイスピックを抜いて、ダッシュボードに置く。

「……疲れた」

「ほとんど見てただけじゃないか」

「見てるだけでドキドキだったよ。お兄さんたち、いつもこんなことやってるの。すごいね」

「僕は今回、楽だったよ。君は心配してたけど、うまくいったじゃないか。君のプランは完璧《かんぺき》だった。君もよくやってたじゃないか。繭子ちゃんは本気で怖がってた。いっそこれから現場にも出たら？」

「絶対イヤだ」

義波は腕時計を見た。正確な時刻を示している時計だ。

あと一時間で、次の依頼人に会うことになっている。

「冗談は抜きにしても、本当に忙しいんだ。もっと仲間が欲しいよ。現場担当が」

「でも、迂闊《うかつ》に雇うわけには」

「いかない。そこが難しい」

義波は口を閉じた。

少年は助手席の窓側に顔を傾けた。眠るつもりだろう、と義波は思った。が、すぐに、少年が言った。「……さっきの子たち、ちょっとかわいそうだったね」

「今更？」義波は眉《まゆ》を跳ね上げた。「君だって、全部承知した上でプランを立てたのに？」それから、少し声を曇らせ、「まさか……やめたくなった？」

少年はこちらを見た。義波は横目で窺《うかが》い続けた。

「あの二人には同情する。でもぼくは、やっぱり楽しかった。ぼくの作った筋書きのとおりに人が動くのを見るのは……」少年の口元に、はっきりと笑みが浮かんだ。

それを認めた義波も歯を見せて笑った。

「それじゃあ、これからもよろしく。《立案者《プランナー》》殿」

02 ロスト・ボーイ

おなじ空間にいても、お互いに違う種類の人間だと認識しあうことがある。

その青年と目が合った瞬間がそれだった。

「あ」思わず、声をあげた。

あげはしたものの、そのあとの言葉が続かなかった。相手は明るい日差しが注ぐ窓際のソファに浅く腰掛けている。周囲には、ジュースや菓子類の自動販売機。背後からは、明るいが事務的な女の声で内科の医師を呼ぶ院内放送が流れている。

若い男も、俊哉《しゅんや》に気付いた姿勢のまま止まった。彫りの深い顔立ちをした、育ちが良さそうな男だった。上品な青いシャツに細身のジーンズを穿《は》き、足元は有名ブランドのスニーカーを合わせている。背が高く、シャツの袖《そで》から覗《のぞ》く腕にはきれいに筋肉がついていた。

俊哉は笑顔を作った。相手がこちらの服装を観察したからだ。色あせたTシャツとチノパン。髪は伸び気味で、小柄な体形と相まって少女のようにも見える。ソファの青年とは、まさに対極の存在だ。

「こんにちは」わざと陽気な声を出した。

青年は一瞬、面喰《めんく》らったような顔をした。

「……どうも」青年は目を伏せ、戸惑いながら会釈をした。

俊哉は菓子の自動販売機の前に立った。そうするとちょうど青年に背中を向けるかたちになり、ガラスに相手が映り込む。彼は俊哉の背中にあからさまな視線を注いでいた。自分とは違う種類の人間に、警戒しつつも興味がある目つきだ。

菓子を選ぶふりをしながら、俊哉も相手を観察した。

俊哉より十歳は上だろう。社会人になりたてか、大学生。二十歳は超えているが、顔つきは緩い。社会人だとしても、就活の憂鬱《ゆううつ》な荒波を乗り越えた猛者《もさ》ではなく、縁故で安定した企業に就職した豪華客船の旅人だろう。

「あの、……もしかして」唐突に、青年が声をかけてきた。「三階に入院してるおじいさんの身内の方――ですか」

驚いてしまい、俊哉は言葉を返せなかった。

「確かお名前は、松岡《まつおか》さん……松原《まつばら》さん、だったかな」青年は首を捻《ひね》った。

「松岡ですよ」俊哉は体ごと振り返った。

青年は背筋を伸ばした。ぎこちないがやさしい笑みを浮かべる。

「このあいだ来たときに、部屋の前を通りかかったんです。確か奥様らしい女性がいらっしゃった……」言葉遣いも口調も丁寧で、自然だった。「ドアが開いていたから見えたんですが」少し慌てて付け足した。覗いたわけじゃない、と言っているのだ。

そういうことかと安堵しながら、俊哉は推察した。

裕福な家で、仮に事業を営んでいるとしても、後継の重責を背負わされた長男ではない。もしかしたら、気が強くてしっかり者の姉もいるかもしれない。躾《しつけ》は厳しかったが愛されて育っている。人を無意識に信頼するから、相手に対して失礼なことを言ったかどうか気にするのだ。

「あの方たちは、あなたのおじいさまとおばあさまですか？」

俊哉は笑顔を作った。

「両親です」

青年の顔が凍りついた。

おもしろくなって、俊哉はさらに言ってやった。

「父はもう危ないんです。もともと介護施設にいたんですが、先々週、二度目の脳梗塞《のうこうそく》から誤嚥《ごえん》性《せい》肺炎もやっちゃって。あと一週間の命と言われて入院してから、今日で十日目です」

青年は、あ、とか、それは、といった言葉を繰り返した。

そんな様子をしていても、気弱そうには見えない。育ちの良さというのは絶対的な自信に繋《つな》がるのだなと、なんとなく感じた。

同時に、腹も立った。もともとこのタイプの人間を見ると、俊哉は石でもぶつけてやりたくなる。でもそれは相手に対してというよりは、相手が得てきたものに対してというほうが正しいだろう。理不尽な衝動だとわかってはいるが、もちろん本当に石を投げるわけにもいかないので、代わりに相手の心にかすり傷を負わせる言葉を浴びせる。「ぼくには、あまりいい父親じゃないんですけどね」相手が顔をあげたので、わざと背中を向け、菓子のボタンをろくに選びもせずに押した。「ずっと離れていたし。父には別の家庭があったんですよ」

青年は完全に言葉に詰まったらしい。口を開けたまま何も言わずに俊哉を見ている。

気分が弾むのを感じた。どうせこの話は、俊哉が話さなくても病院の噂話で知るだろう。だったら今この場で自分が話して楽しんだほうがいい。とはいえ、あまりいじめるのもかわいそうだ。相手にも自分のことを話させてあげようと思った。

「母さんは父さんを独占できて嬉《うれ》しいみたいだけど。――あなたは、家族のお見舞いですか?」

受け取り口に落ちてきた菓子を取って、振り向いた。

青年は笑っていた。

「僕は義波です。忠義の義に波と書きます」唐突な自己紹介をした。上流社会では、身の上話を語るまえには名前を言う習慣があるのだろうか。「見舞いじゃないんだ」言うなり、笑みを消した。

その一瞬で義波の印象が変わった。

瞳《ひとみ》が静かに冷えるのと同時に、裕福な青年の雰囲気そのものが蒸発した。

「君に会いに来たんだ」新しい笑みを浮かべ、俊哉の名前をフルネームで口にした。

父親の病室の名札とは違う苗字の、本当の名前だった。

「……え？　……」どうして、名前を。

青年はジーンズのポケットから折りたたんだ紙の切れ端を引っ張り出した。

片手だけで器用に広げて、俊哉の目の前に突き出す。印刷された文字がいやでも目に入る。

――小学生三人自殺――

太い文字のあとには、細かい活字が続いていた。埼玉県内の小学校に通う六年生の児童が三人、相次いで自殺したことが書かれていた。ある子は自宅マンションの八階から飛び降り、ある子は自室で首をつり、別の子は母親の睡眠薬を飲んで。

読むだけで暗澹《あんたん》とした気分になる記事は、三人がいわゆる学校裏サイトに悪口を書かれていたと結んでいた。

「この三人のこと、知ってるね？」

俊哉は唾《つば》を飲みこんだ。言葉に詰まりながら、なんとか答えた。

「——事件のことは、そりゃ、知ってるけど」当たり前だ。この事件が起きたとき、俊哉は三人とおなじ小学校の、おなじ学年に在籍していたのだから。「三人とは、顔見知り程度だよ。うち二人はクラスも違うし……」

青年は首を傾げた。微笑んではいるが、底が見えない。

俊哉は少し早口になってまくしたてた。

「お兄さん、フリーライターか何か？　ここ病院だよ？　何のつもりで」

「二年も前の事件のこと調べてるの。ぼくに訊《き》かれても困るよ。ていうか、ここ病院だよ？　何のつもりで」

「君だね？」俊哉の言葉を断ち切るように、青年は言った。

冷たい瞳がまっすぐに俊哉を捉《とら》えている。底を覗こうとしても、光が反射するばかりで何も見えない氷の瞳だ。

「君が、この三人を殺したんだ」

俊哉は全身が固まるのを感じた。指が硬直して、菓子を落としてしまった。

「な……何言ってるの。お兄さん」頬がひきつった。意味がわからないよ、と言いながら、苦笑いを浮かべようとした。

義波は容赦なく責めてくる。

「僕はある会社に所属している。お金をもらって、誰かの恨みを晴らす会社だ。復讐《ふくしゅう》代行業というのを、聞いたことはあるかな」

「復讐……？」

俊哉は大きく一歩、後退《あとずさ》った。できた隙間を、義波はすぐに詰めた。

「君に用があって来たんだ」

こちらに向かって腕を伸ばしてくる。

咄嗟《とっさ》に、俊哉は眉《まゆ》を寄せ、口元を歪《ゆが》めた。

「何言ってんの。ほんとに意味わかんない」あまり強すぎない、しかし、拒絶の感情だけはきっちりと込めた口調で、俊哉は言い切った。「あの事件のことは知ってるけど、復讐って何。頭おかしいんじゃない」

義波の目が泳いだ。伸ばしかけた手が空中で止まっている。

その反応に心の中で拳《こぶし》を握りしめながら、さらにうしろへ下がった。

「誰だか知らないけど、人違いだよ。ぼくはあの事件とは無関係だ」

自動販売機コーナーの角まで戻るなり、俊哉は踵《きびす》を返した。走りだした。病院であることも忘れ、若い看護師が「走っちゃだめですよ」と声をかけてきたにも拘《かか》わらず、足を止めなかった。

階段を駆け上がる。息が切れて、そこでようやく走るのをやめた。膝《ひざ》が震え、肺が痛んだ。階段の手すりを掴《つか》んで顔をあげると、そこは二階と三階を繋ぐ踊り場だった。

「俊ちゃん？」頭上から、声がした。

階数表示から視線をずらし、声のするほうを見た。紺色のワンピースを着た女が階段のうえに立っていた。骨ばった長い指で花瓶を抱えている。化粧っ気のない、五十を超えた女だが、快活な印象があった。

「どこ行ってたの？　そんなに急いで」

俊哉は呼吸を整えた。心臓はまだ激しく動き、たった今起きたできごとに動揺している。それでもこの相手には気遣わなければならない。

「なんでもないよ。母さん……」

言いながら、うしろを見た。

さっきの男が追いかけてきているかと不安になったが、階段には誰の姿もなかった。


呼吸が完全に落ち着いてから、俊哉は病室の引き戸をくぐった。

ベッドの上の男、義波が「おじいさま」と呼んだ人物は、酸素吸入器をはじめとするさまざまな機器に繋がれている。そのへんのワンルームアパートよりも広い個室で、壁の一面が窓になっている。部屋の隅には見舞いに来た客がくつろげるソファとテーブルも置かれていた。その脇には車イスが畳まれてある。この部屋の主はだが、入院してから一度もそれを使ったことがなかった。

テーブルに花を飾る女を横目で見ながら、俊哉はベッドの上の老いた男に微笑みかけた。心は硬く強張《こわば》っていたが、動揺を見せるわけにはいかない。

老人は俊哉を見て、窪《くぼ》んだ目元の皺《しわ》を深くした。

「どこに、行ってた？」ぎこちなく喋《しゃべ》ると、酸素マスクが白く曇った。聞き取りづらいが、なんとか言葉として認識できる。

「病院の中を探検してた」声が緊張しないように気をつけながら、俊哉は答えた。

ベッドの脇にあったイスを引き寄せて座る。覗《のぞ》き込むと、男の顔の膚《はだ》は昨日よりもさらに黄土色がかって見えた。

俊哉は視線をずらし、ベッドの脇を見た。点滴用のパックをひとまわり大きくしたビニールパックが下がっている。底面にほんのわずかに黄色い液体が溜《た》まっている。パックから伸びたチューブは、下半身に掛けられた毛布の下に消えていた。

──尿の出が悪いんです。

数日前、担当医に言われた言葉を思い出した。医師は遠回しに、それが死に繋がる病状のひとつであることを説明した。

唇をそっと嚙《か》んだとき、老いた男はまた何かを言った。

「うん？」急いで顔を向けた。「何？　どうしたの」

酸素マスクが曇ったが、声は聞こえなかった。点滴の管が繋がっていないほうの手でマスクを外そうとしている。

「父さん」俊哉は女を見た。女は花瓶に活けた花の角度を直すことに夢中になっていて、こちらを見ていない。呼びかけようとしたが、そのまえに老人は酸素マスクを外してしまった。「え。ちょっと……」

慌てて酸素マスクをかけようとした俊哉の手が、聞こえてきた一言で止まった。

「おまえ、こそ、どうした？」長い吐息が漏れた。

あえぐように呼吸してから、言葉を続けた。

「悩みごと、か？」

俊哉の心臓が不規則に幾度も跳ねた。

なんでもないよと答えたいのに、声が出ない。ただ急いで酸素マスクをかけた。

老人は酸素マスクを曇らせながらさらに喋った。

「学校で、何か、あったのか。勉強、がんばらないと、父さんみたいに、なれないぞ。父さん、いつも、忙しくて家に、いないだろ？　でも、それは、仕事をしているからだぞ」

どう答えて良いかわからず、俊哉は口を閉じた。

女を見る。花を整える手を止めて、女は神妙な顔つきでこちらを見ていた。

父さんは忙しくていつも家にいない。それはまだ俊哉が幼い頃、不在がちな言い訳として両親が俊哉に言い聞かせていたことだ。俊哉は十歳の冬まで、それを信じていた。

女の眉間《みけん》に深い皺が刻まれるのを、俊哉は見た。そのまま女は俊哉に目配せをした。

俊哉は毛布の上の手を握った。乾いた膚の感触に、本能的に死の予感を抱く。それでも指は放さなかった。

「うん、そうだね」できる限り、子供らしく笑った。「小学校の勉強、頑張らなくちゃね」

枕の上で、小さくなった頭が動いた。頷《うなず》いたつもりだったかもしれない。

突然、老いた男は咳《せ》き込んだ。胸が弾み、毛布がしわくちゃになった。空気をより深く吸い込もうと、顎《あご》が大きく開いた。

「あなた」女が駆け寄り、老いた男の肩をさすった。「喋らないで。無理しないで」

かけた声は限りなくやさしかった。

午後遅い時刻になると、女はもういちど担当医に呼ばれて行った。俊哉はひとり、病室に残った。

枕の上の小さな頭からは、絶えず呻《うめ》き声が漏れるようになっている。口が、というよりも顎が大きく開くのは、酸素をより多く取り込もうとしているからだ。その動きは生命の終わりを感じさせる。

俊哉は部屋を歩き回り、窓の外を何度も確認した。

三階の窓の外にはバルコニーの類《たぐい》はない。見下ろせば、病院の中庭が見える。花壇ではひまわりが揺れ、楡《にれ》の木が木陰を作り、外出する力がある入院患者や見舞い客がそぞろ歩いている。

目を凝らし、青いシャツと茶色い髪の青年を捜した。それらしい人影はない。俊哉は窓辺を離れ、ベッドの脇のイスに腰をおろした。

　拳を口元にあてがう。

　誰が頼んだ。復讐《ふくしゅう》代行業者なんかに。誰が、俊哉だと知っていた？　二年も経って、なぜ復讐代行業者を送り込んできた？

　二年のブランクの理由はわからない。しかし、「誰か」に思い当たる人物は、いる。

　俊哉は立ち上がった。イスがきしんだ。部屋の片隅の荷物置きに放ってある自分のリュックを漁《あさ》り、携帯電話を取る。いまどき、俊哉の世代ならスマートフォンが常識だろうに、俊哉はふつうの携帯電話を使い続けている。さすがに子供用のものではないが、見た目も機能も似たようなものだ。

　携帯電話を開いて、登録してある電話番号のなかから、目当ての数字を選び出した。

　ここで電話をかけるわけにはいかない。医療器具の誤作動の心配よりも、老人に聞かれたくなかった。聴力も弱っているとはいえ、万が一ということもあるだろう。

　俊哉はベッドの傍へ寄り、毛布のうえに投げ出されている手に触れた。老いた男は小さな呻き声を出した。「ちょっと、留守にするよ。すぐに母さんが来るからね」

　枕の上の顔は頷いたように見えた。その場を離れようとしたとき、老人の手が俊哉の指を摑んだ。

「うん？」

　酸素マスクが曇った。空気を吸い込むのとは違う速度で顎が開閉している。

「苦しいなら、喋らなくていいよ」

老人は皺に埋もれた目を固く閉じ、なおも声を出そうとしている。

迷ったが、俊哉は酸素マスクを老人の口の上数センチの位置に浮かせた。

老人は喉《のど》を鳴らしたが、浅い呼吸を繰り返してなんとか喋ろうとしている。俊哉は酸素マスクの位置を保ったまま、萎《しな》びた口元に耳を寄せた。

老人は何度も呼吸を繰り返した。喋るための力を溜めたのだとわかる。

「……あの、約束。おぼえてる、か」

俊哉は老人の耳元で叫んだ。「うん。覚えてるよ。大丈夫」

荒い呼吸が続いた。「たの、むぞ……」

「わかってる」老人の手を軽く叩《たた》いてやる。

それで安心したのか、老人は目を閉じて、顎を規則的に開閉させ始めた。

酸素マスクを被《かぶ》せてやりながら、俊哉は改めて考えた。

依頼されたから、復讐代行業者が来た。

だったらその依頼がなくなればいい。問題は、今この場所を離れられない状態で、どうやって依頼を取り下げさせるかだ。

「……大丈夫」携帯電話を両手に握りしめて、俊哉は独り言を言った。「ぼくはスクール・セイバーだもの」

笑ってしまうくらい幼稚な名前だが、今はそれがお守りになると思った。

「俊ちゃん。どこに行ってたの」

かけられた声を聞きながら、これを聞くのは今日二度目だ、とぼんやり考えた。

だからといって、どうということもない。

あるいは、あるのかもしれないが、今は考えることができなかった。

病室の時計を見る。携帯電話を握りしめてこの部屋を出てから、まだ四十分しか経っていない。

俊哉には二時間くらいは経過した気分だった。それも、嫌な仕事を全力でやった二時間だ。力を絞り出したものの、充実感はない。あたりまえだ。想像していたことも含めて、すべてが無駄だったのだから。

「ごめん、ちょっと」ちょっと、の続きが思いつけなかった。それほど疲れていたのだ。

結果が出ない仕事がこんなに虚《むな》しいとは思わなかった。そういえば今まで俊哉は、ほぼ確実に自分の仕事をこなしてきたのだ。時には結果が大きすぎることもあったが、まったく無駄に終わったのは初めてだ。

あの男……氷の目をした義波とかいう若い男。俊哉があの男について読んだ情報は、すべてフェイクだった。あんなことも初めてだった。悔しいが、この先どうすればいいかわからない。

「今夜、泊まったほうがいいと先生は言うの」女は厳かに言った。窺《うかが》うように、俊哉を見る。

俊哉は瞬きをして、その顔を見つめた。

この言葉の意味がわかる？ と問いかけている眼差《まなざ》しだった。ああ、と思った。だめだ。疲れているときじゃない。

「……うん」頷く。「いよいよだね」

「ええ、そう。いよいよ」女は自分に言い聞かせるように胸に拳《こぶし》をあてた。「向こうのご家族には、先生が連絡してくれたわ」

「なんて言ってた？」

女は口ごもった。「……何かあったら連絡をくださいって。こっちに来るつもりは、ないみたい」

まあ、そうだろう。先月入院してから、見舞いどころか、病状を聞きに来てもいない。俊哉たちに連絡が来たのも、情のためというよりは、のちのち文句を言われては困ると考えたからのようだ。その証拠に女が看病を申し出ると、先方はあっさりと承諾した。お好きなように——向こうの家族、父の事業を継いだ長男は冷淡に答えたらしい。いずれお礼もいたします。

要約すればそれは、看病の謝礼を払うから手切れ金だと思えという意味だ。

先方の気持ちがわからないわけではない。

俊哉の父親は、ふたつの家庭を行ったり来たりしていた。もちろん戸籍上の妻子にかける時間のほうが長かったが、貴重な週末を俊哉たちのもとで過ごすこともあった。俊哉の母親と疎遠になったあと、何があったのかはわからない。けれど幼い子供たちの心には恨みが蓄積されて、彼らが大人になり、父が弱くなったときにそれは爆発した。恨みというものは、熟成されたときのほうが激しく、恐ろしい。

そういう意味では二年はどれほどの長さなのだろう。熟成というには足りず、かといって瞬発的な怒りとも違う。生育途中で卵が割れてしまったドラゴンの子供。世界に出ても、勇者と戦うにはまだ力が足りない。だから復讐代行業者という悪い魔法使いの力を借りたのか。

「俊ちゃん？」物思いに沈んだ少年の顔を、女は覗《のぞ》き込んだ。

「なんでもない」顔をあげて、微笑んで見せた。大人が子供に望む無邪気さを混ぜた笑顔を作る。それを見た女が無意識に安堵《あんど》するのがわかった。「これからのことを考えてただけ。泊まりになるなら、何かいる？　歯ブラシとか、売店に売ってるよね」

ベッドの上から呻き声が聞こえた。

二人とも一瞬にして緊張し、振り向いた。老人は荒い呼吸を繰り返している。四十分前よりも、胸が上下する速度が増したように見えた。

耳をすますと、機械音も変化しているのがわかる。心拍はともかく、呼吸を測る数値が低くなり、時折、警告音が短く響いた。女は自分の体が崩れて行くのを見ているかのように、恐怖に満ちた表情を浮かべた。唇が震えている。

「母さん」窓を見ながら声をかけた。濃い日差しは熟した蜜柑《みかん》の色を帯びて、夜の気配が迫りつつある。「少し散歩してきたら。ぼくが見てるから」

女はベッドに目を遣《や》った。老いた男の呼吸に変化はない。胸の上下は深くなり、それが定型だったかのように繰り返している。

「そうね」女は承諾した。静かな声だった。「少しだけ、出て来るわ」

目を伏せて歩き出した。俊哉はその横顔を見ながら女を引き戸まで送り出した。絶息していた脳細胞が、静かに輝きを取り戻し始めるのを感じる。今夜なら、と思った。

復讐代行業者には、あれから会っていない。咄嗟《とっさ》に俊哉が見せた反発があまりにリアルだったため、もしかしたら本当に人違いをしたのかと気になって、アジトのようなところに戻り確認を取っているのかもしれない。だったらいい。それなら間に合うだろう。今夜が無事に終わりさえすれば、それだけでいいのだ。

女の背中を見送って、引き戸を閉めた。風がうなじを撫《な》でた。そろそろ窓を閉めたほうがいいと、風に混じる冷気を感じながら振り返った。

そして、硬直した。

氷の目をした男が、窓辺に立っていたからだ。

「やあどうも」義波は最初に会ったときと同じ、育ちの良さを感じさせる柔らかな声で言った。「あー……」なぜか苦笑いを浮かべる。「つい癖になっちゃうね。ここでは、こういう人間のふりをしたほうが目立たないと言われたから頑張ってるんだけど。どう、金持ちの大学生に見える？」

うなじを撫でた風よりも冷たい怖気《おぞけ》が、俊哉を包んだ。

こいつは変装しているつもりだったのか。金持ちの大学生に。

そうするようにと言われた、と言ったか？　誰に……？　いや、そんなことよりも、その変装はおかしい。服装はもちろんその人物の個性を語るが、おなじブランドの服を身に着けていても、ある人にはそれは自然な日常であり、またある人には、精一杯に張った見栄である。表情や仕草、膚、髪の状態も含めて総合的に判断しなければならない。そのすべてに嘘をつける人間がいるとは思わなかった。そんなことをするには、元の人格を完璧《かんぺき》に隠す必要があるからだ。

驚愕《きょうがく》に打ちのめされる俊哉に、義波はさらに言った。

「電話は失敗したみたいだね」

反射的に、右手を揺らしてしまった。まだ携帯電話を握っていたことを、初めて思い出した。

「なんで、それ……」

義波は晴れやかに笑った。夕日に照らされた、瀕死《ひんし》の病人がいる部屋で浮かべる笑みではなかった。

この男は、何かがおかしい。間違っている。神様がいるとしたら、この男を作るときに精神の回路を繋《つな》ぎ間違えたまま世に送り出したに違いない。

「さっき駐車場で電話をしてたのを見てたんだよ。僕たちの依頼人かもしれない人に電話をかけたんだね？　依頼を取り下げてもらおうと思って」義波は笑い続けた。「でもみんなハズレ。君が依頼人だと目星をつけた相手は、ことごとく違った。そうだろ？」

俊哉は携帯電話を握る手に力をこめた。そのとおりだった。誰ひとり、依頼人ではなかった。もちろん復讐《ふくしゅう》代行業の話などしていない。それでもわかることはわかる。

「なかなかの行動力だ。電話一本で依頼を取り下げられると思ってるところも、たいした自信家だね」

心の芯《しん》が震えるのを隠しながら、俊哉は自動販売機コーナーで言ったことを繰り返した。

「ぼくはあの事件には無関係だ」

義波はかすかに口角を曲げた。

ベッドの上から呻《うめ》き声があがる。義波が引かれるようにそちらを見た。その動きに心を掻《か》きたてられて、俊哉は声を急がせた。

「学校裏サイトにも書きこんでない。あの三人は裏サイトに悪口を書かれたのを苦にして死んだんだよ。ぼくじゃない。人違いで殺されてたまるか」

「人違いで殺される？」義波は顔を強張《こわば》らせた。

何かが摑《つか》めた気がして、俊哉はまくしたてた。

「そうだよ。人違いだ。じゃなかったら、あんたたちに依頼したやつが嘘を言ってるんだ。なんでそんなことをするのかわからないけど……でも、ぼくじゃない」

わざと、大げさに、肩で息をする。全身で潔白を訴えてみた。

義波は考え込んでいる。少なくとも、考え込んでいるように見える表情だった。眉《まゆ》を寄せ、目は自分の右側を見ている。唇は固く結ばれていた。

俊哉は身構えた。

本当に、君は関係ない？　そう言われるだろうと予測した。言われたら、さらに押すのだ。違う、絶対にぼくじゃない。そこからは理屈ではなく、感情的な否定を繰り返す。そのほうが真実を言っているように見える。

だが義波の口から飛び出したのは、予想とまったく違う一言だった。

「スクール・セイバー」

携帯電話を握りしめていた手から力が抜けた。

義波は目をあげた。冷たいが、責めるような色はなく、ただ俊哉の姿を見ているだけの目つきだった。

「心当たり、あるよね。この名前」俊哉は表情を作ることを忘れてしまった。それを、義波は認めたのかもしれない。口元が弧を描いた。「スクール・セイバー。学校裏サイトにたびたび登場していたヒーローの名前。トイレの花子さんとか、アンサーさんみたいな都市伝説だ」

「え、いや……」

知らない、と続けようとした俊哉の声は、義波の言葉に押しやられてしまった。

「マスコミは学校裏サイトに悪口を書かれていたと報道したけど、実際にはちょっと違う。あの三人はひとりの男の子をいじめていた。その子が裏サイトに書いたんだ。スクール・セイバー様、どうか助けてください。あの三人をやっつけてください。……そのとおりになった」

不意に、夕日が翳《かげ》った気がした。

「ぼくじゃない……」俊哉は言ったが、声は弱々しく掠《かす》れていた。

機械の警告音が鳴る。そちらに顔を向けたかったが、義波の注意も引いてしまうような気がして、できなかった。警告音はしばらく駄々をこねる子供のように響いていたが、やがて誰もこちらを見ないことに飽きてか、ぴたりと止んだ。

「ぼくは、そんなことしてない。三人をやっつけてなんて、書いてない」

「知ってる。君は書いてない。君はメッセージを受け取った側だ。スクール・セイバー。学校のヒーローは、君だね」

俊哉は口を開いた。何か言わなければと思った。脳細胞を繋ぐシナプスに鋭い閃光《せんこう》が奔《はし》る。だが光は瞬くだけで、何も生まずに消えて行った。

「すごいね。どうやったんだ？」義波の声が、せっかく思考を紡ごうと頑張っている脳細胞を、容赦なく叩《たた》いて行く。「スクール・セイバーはどんな願いでも叶《かな》えてくれたっていうじゃないか。ただし、本当に強い願いじゃないときいてくれないんだって？　片思いの男の子と二人きりになれますようにと願った女の子は、ある雨の日に、傘を忘れて困っていた男の子と帰ることができた。音楽の授業が大嫌いな子が願いをかけたら、先生が授業をとりやめた。まるで魔法みたいだ」

俊哉はなんとか口を動かした。いや、とか、違う、といった短い言葉が弾《はじ》けては消えて行く。

「あの三人には、何をしたの？　飛び降りさせたり飲ませたり。いったいどうやって、他人を遠隔操作したんだ。教えてくれないか？　書き込みした本人はやっつけてとは言ったけど、殺してくれなんて頼んでない。だから事件のあと、すっかり引きこもっちゃったんだね。今でも一歩も外に出られない。さっき君が電話した一人だ」

「……あいつじゃなかった」俊哉は思わず答えてしまった。言ってから、しまった、と思ったが、今さら止められない。「最初に電話をかけた。家の人が出たよ。少し話しただけでわかった。あいつには、復讐代行業に依頼する気力なんて……」

「ない」義波は言葉を引き取った。「それに、彼はスクール・セイバーの正体を知らない。ただの学校の怪談だと思ってる。本当に死んだことで、自分が呪いをかけて殺したと思いこんでしまった」義波は静かに首を振った。「あとは自殺した子の遺族にかけたけど、そっちも関係なかったみたいだね」

俊哉は冷たい汗が背中に流れるのを感じた。

「ぼくのことを……どうやって、知っ——調べた？」

「それは内緒」義波は微妙に目を細めた。「君さ、その若さでアパートで一人暮らししてるのは、なぜ？　お母さんと別々に住んでるのは、やっぱり、お父さんへの複雑な感情があるから？」義波はベッドの上の老人を一瞥《いちべつ》した。

今聞いたことを、俊哉は心の中で反芻《はんすう》した。

複雑な感情。母親と離れて暮らしている。

希望が見えた気がした。

それだけなのか。こいつは、それだけしか知らないのか。中学生の俊哉がアパートで一人暮らしすることを、どんなに複雑な事情があるにせよ、母親が許すと思っているのか。

復讐代行業者だなんていうから、どれだけ綿密に調べ上げたのかと思っていたが、……そうか。

それしか知らないのなら、こいつは何もわかっていないのとおなじだ。

義波がゆっくりと視線を戻した。静かで冷たい目をしていた。

そのまま一歩、俊哉に近づいた。

「じゃあ、そろそろ……」

俊哉は心臓が跳ねるのを感じた。今更ながら、この男と死にかけている老人しかいない部屋で向かい合っていることに恐怖を覚えた。窓を背にしてこちらに向かってくる男は、死神以外の何者にも見えない。

「取り引きをしよう」気が付くと、そんな言葉が口から飛び出していた。

義波が足を止めた。

「取り引き？」

「そう」唇を湿らせた。「認めてあげる。ぼくがスクール・セイバーだよ。三人を殺したのも、ぼくだ」

義波は意味もなく部屋のあちこちに視線を飛ばした。自動販売機コーナーで見せたものよりも、激しい戸惑いだった。

「なぜ――」

「復讐は、されてあげる」絶対に喋《しゃべ》らせてはいけないと思った。落ち着き払った口調のせいか、深い声色のせいか、義波の声を聞いているとどうにも考える力が鈍る。「いいよ。どんなことされるのか考えると怖いけど。ただ、待って欲しいんだ。父さんが……安らかに眠るまで」

義波はベッドを見た。機械の音と深く弱い呼吸が、どうしようもなく死を予感させる。

「父さんは今夜が峠だ。もし最期を看取らせてくれたら、逃げないって約束する」目を戻し、義波はかすかに笑った。手が、ジーンズのポケットに掛かる。ここで刺しちゃってもおなじだ、と考えているように見えた。「でも、不都合なはずだ」

「不都合？」

「今すぐ大きな声を出すとか。廊下に駆けだすとかさ。あんたは人を殺すことに慣れているのかもしれないけど、ここは病院だよ。逃げるのは大変でしょ。リスクは少ないほうがいいはずだ」

義波は眉を寄せた。その表情を俊哉は注意深く観察した。俊哉の言葉を撥《は》ね付けようとしてはいないようだ。

それを確かめて、さらに続けた。

「だから、無事に父さんを見送らせてくれたら、あんたの言うことをきく。都合がいい場所までぼくを連れてって、殺せばいい。それこそ山奥でもどこでもついていくよ」

数秒の間があった。

義波は今聞いた言葉を反芻するように、身動きせずにいた。

「君が――」やがて、溜息《ためいき》と共に小さく笑った。その表情には少しも不自然さはなかった。俊哉は注意深く待った。「逃げない保証は？」

「だってぼく、今でもここにいるじゃないか。さっきあんたから逃げたあと、警察に駆け込んだりとかできたんだよ」

「復讐《ふくしゅう》代行業者に狙われてるんですって、警察に言うのか？　信じないだろうね。彼らはそんなに暇じゃない」

「ううん。病院で変質者を見たと通報する。それであんたの特徴を言う」

「……なるほどね」

「それにぼくは、母さんにもあんたのことは話してない。今はそんなこと言えないから。そのくらい、父さんを安らかに見送ってあげたいと思ってるんだ」

「なんでそんなに、このおじいさんに尽くすんだ。君たちを捨てた男だろう？　そう聞いたよ。病院のみんなが君たちのことを知ってる。愛人とその子供を見捨てた挙句、今度は自分が本妻と子供たちに捨てられた男を、君たちは慈悲深く世話してるって」

俊哉はそっと息を吐いた。気をつけろと、自分に言い聞かせる。言葉選びが肝心だ。

「……母さんがそうしたいんだ。だから、ぼくもそうしてる」

「お母さんがそこまでするのは、どうして？」

「はっきり聞いたわけじゃないけど……」ゆっくりと言った。「でも、夫婦だからだと思う。正式に結婚したわけじゃなくても、母さんは父さんのことが好きなんだ。今でも」

義波は足元に目を落としている。視線を少しずらして、彼の手元を見た。ポケットにはもう触れていない。

「まあ、そうだな」溜息と一緒に言った。「待ってもいいよ。ただし、これだけは覚えておいてくれ。僕はいつも君を見てる。逃がさない」

俊哉は息を呑《の》んだ。不安が過《よぎ》ったが、聞こえてきた器械の警告音が、その不安をなだめてくれた。

「わかってる」

死が確定している人間の最期を待つ時間というのは、なんとも不思議なものだ。死はいつも日常と切り離されたところにある。たいていの人はいつか自分が死ぬと知っていても、それを意識の外に放り投げて生活している。そういう意味では誰かの死を待つ時間というのは、ふだん生活をしている世界から彷徨《さまよ》い出たのとおなじである気がした。

夜八時で、病院の面会時間は終わる。人の気配が薄くなった建物は、病室のなかにいてもその静けさが膚《はだ》に染みてくる感じがした。さらに二時間後、消灯時間になった。俊哉たちがいる病室も、天井の明かりを落とし、来客用ソファの脇にあるルームライトとベッド脇の照明のみになった。

日付が変わる頃になると、器械の警告音が頻繁に鳴るようになった。看護師の出入りの幅が小さくなった。若い看護師は、自身の緊張を隠しきれていない表情で、話しかけてくださって結構ですよ、と丁寧に言った。

俊哉たちはベッドの脇ではなく、ソファに腰を下ろしてその言葉に頷《うなず》いた。若い看護師に自分たちはどう見えているだろうか。献身的で不遇な親子。波のような同情が白衣の胸から溢《あふ》れているのを感じる。

午前零時を過ぎると、突然、女が立ち上がった。それまで彫刻のようにおなじ姿勢でソファに座っていたので、その動きに俊哉の心臓が跳ねた。

器械の警告音が響く時間が、さっきよりも長くなっている。

「……そろそろかもしれないわ」硬い声で言った。

「そうだね」彼女の横顔を見ながら、俊哉も同意した。強い緊張と決意に張り詰めた横顔は、愛する者を見送ろうとする顔というには、あまりに陰が濃い。思わず窓のほうを見てしまった。窓もカーテンも閉めたそこに人影はない。約束を守ってくれているのだと思うと、少し意外な感じがした。義理堅いんだなと思う。そういえば名前の一文字がおなじだ。

その義波が、今ここにいなくて良かった。この女の顔を目にしたら、さすがに愛する者の最期を看取ろうとしているとは思えないだろう。右手にナイフがないことが不思議なくらいだ。身の内から湧き上がる感情が、全身から発散している。

「俊ちゃん」たいらな声だった。「お父さんに声をかけてあげて」

苦しげに胸を上下させる相手には酷なことだが、俊哉は彼女の言うことに異は唱えない。ここからは、特にそうだ。

「うん」ソファから尻《しり》を浮かせ、ベッドに寄った。毛布の上に投げ出されているむくんだ右手を握る。「父さん、ぼくだよ」

耳元で呼びかけると、瞼《まぶた》が痙攣《けいれん》した。

「わかる？　俊哉だよ」

名前をはっきりと発音すると、瞼がゆるゆると開いた。

女はその様子をベッドの足元側から見守っている。そこはベッド脇の照明も、ソファ横のライトの光も届かない位置だった。

「しゅんや」かろうじて聞こえる声に合わせて、酸素マスクが曇った。

「うん」とびきりやさしく言った。「ぼくはここにいるよ。母さんもね」

「おお」安心したのか、涙が一粒、目尻の深い皺《しわ》に溜《た》まった。

女はベッドの反対側に寄った。ローヒールの靴を履いているせいで足音は静かだが、そのぶん床を踏みしめる低い音が不気味だった。

「あなた」老人の肩に触れ、耳に声を吹き込んだ。「俊哉がいてくれて、嬉《うれ》しい？」

老人は肯定の唸《うな》り声を発した。

「そうよね。俊哉は、いい子だもの。あなたはいつも向こうの家族のことが最優先。あたしたちは待つばかりだった。でも、俊哉はあなたを信じていたわ。父さんはお仕事忙しいんだね、でも、ぼくたちのためだよねって。そう言っていたわ」

「ああ」もう一粒、涙が流れ、皺の隙間に溜まっていた水分がこめかみを流れた。「すまなかった、と、思って、る」

「本当に？」女の声には苦い笑い声が混じっていた。「あなたがこんなふうになって、向こうの家族はあなたを見捨てた。でもあたしたちは見捨てなかった。だからでしょう。

感謝しているのは」

老人は無言だった。空気を呑《の》みこもうとするように、口を大きく開けて息をしている。

「人は、したようにされるの。あなたがされていることは、あなたがしてきたことのお返しでもある」女は言葉を捻《ね》じ込むように喋《しゃべ》った。俊哉が握っているむくんだ手が揺れた。俊哉はその指を、励ますように緩く握りこんだ。「俊哉は、あなたにやさしいわよね」

老いた男は頷いた。

覗《のぞ》き込む女の目の奥で暗い光が瞬いた。

「この子がいてくれて、良かったでしょう？　あなたの子供は向こうにも二人いるけど、どっちもいちども見舞いに来ない。生きているうちに会おうともしてくれない。俊哉がいなかったら、あなたは一人だわ。でもね、この子は」

老人がまた、口を動かした。空気を吸い、喉《のど》を震わせている。肺も気管も酸素を取り込むだけで精一杯で、なかなか声を出すことができない。

このひとは今、残された時間を喋る力に変えようとしている。

慎重に使えば、あと一日は生きられる体力を、わずかな会話のために消費しようとしている。

俊哉は老人の右手を強く握った。それで力を得たかのように、酸素マスク越しに、掠《かす》れた声が訴えた。

「ありがとう」

女は目を見開いた。「……え？」

老人は続けて言った。溜めた力のすべてを出し切っている。胸が波打った。声を出すためだけに体力を使っている。

「こんな、ことまで、してくれて、ありが、とう」

俊哉は黙って目を伏せた。

老人の荒い呼吸と、器械の警告音が重なった。俊哉はひたすら目を伏せ続けた。

「こんなことって……何よ。何を言ってるのよ、あなた」

老人の喉が動き、叫ぶように言った。

「ほんものの、しゅんや、に、すまなかったと、伝え――」

それまで響いていた警告音に、もうひとつ、アラームが加わった。心拍低下を告げるアラームだった。

俊哉はナースコールのボタンを見たが、押さなかった。

「え……？　いやよ、待って」女の手が毛布に覆われた老人の胸をさすった。「今のはどういうこと。本物の俊哉って。……気付いていたの？　そうなの？　いつから？」

そこまで言って何かに気付いたように、女は手を止めた。

俊哉はようやく目を上げた。この数分間で、女は一気に老《ふ》けてしまったように見えた。目の下に隈《くま》ができ、唇の色が褪《あ》せている。

「——今の、どういうこと。この人は、……俊哉が」

「死んでいることは知らないよ」響くアラームを遮るように言った。「そこまでは思い出せていない。ただ、気付いていた。ぼくが俊哉じゃないって」

女は口を開けた。え？　とも、ええ？　とも聞こえる疑問の音を喉から漏らした。

「最初は、ぼくを俊哉だと思い込んでいたよ。でもいつだったかな、初めてこのひとの手を握ってあげたとき。あなたは傍にいなかった。あのとき、突然、おまえは俊哉じゃないなって言ったんだ。指が違うって。俊哉はあなたと指のかたちがとてもよく似ていたんだって。ぼくとは、全然違う」

「……じゃあ、この人は——」

「本物の俊哉が死んだことまでは思い出していなかった」もういちど、今度はよりはっきりと繰り返した。「ただ、こういうふうに考えた。向こうの家族は誰も見舞いに来ない。俊哉も、きっと会いに来るのを嫌がったんだろうって。でもあなたはやさしいから、俊哉の身代わりを連れてきてくれたんだろう。ほら、あなたは、小学校の先生だから。児童にでも頼んだんだって」

「そんなこと……、できないわ」ふつうは、と付け足したので、俊哉は思わず笑ってしまった。

「うん、そうなんだけど」枕のうえの老人の顔を見る。不思議なことだが老人の顔は、死を迎えて若返ったように見えた。「でも、そこまでは考えられなかったんだ。ぼくはこの人に頼まれたんだよ。俊哉のふりをし続けてくれって。あなたが彼にしてあげようとしていること——彼がそう思い込んでいたあなたからのやさしさを、きちんと受け止めたいから。彼、あなたに心から感謝していた」

「……待って。そんな。そんなこと——」

「いい女だなあって言ってたよ。俺なんかにふさわしくないくらいだって。改めて、好きになったってさ」

俊哉は老人の手を放した。

女の目に、みるみる涙が溢れた。覆いかぶさるように、動かなくなった老人の体に縋《すが》りついた。

「あなた、ねえ、待って、もういちど話をさせて。違うのよ、あたしはやさしくなんかない。そうじゃないのよ、聞いてよ。起きてよ。こんなのってないわ」

「ごめんね」俊哉を名乗っていた少年は、喚《わめ》き続ける女にそっと言った。もちろん声は届いていなかった。「でも、先生には、これでいいんだと思う」

もういちど、ごめんねと呟《つぶや》いて、少年は廊下に出た。急ぎ足で駆けつけてくる看護師と医師が見えた。少年を見ると何か言おうとしたのがわかったが、顔を伏せ、引き戸の傍を離れた。

女の叫ぶ声が廊下にまで響いてくる。それを背中で受け止めながら階段を降りようとしたとき、踊り場に立ってこちらを見ている若い男と目が合った。

復讐《ふくしゅう》代行業者は笑みを浮かべていた。

片耳からカナル式イヤホンを引き抜いて、義波は言った。

「一部始終を聞いてたけど、つまり、どういうこと？」

「聞いてた？」それほど大きな声を出したつもりはなかったのに、俊哉を名乗っていた少年の声は深夜の廊下に大きく反響した。「盗聴してたってこと？」

「うん。ベッドの下のコンセントにプラグ型盗聴器を仕掛けた。あとで外しておくよ」

イヤホンをまるめて、ジーンズのポケットに突っ込む。その自然な動作を見て、俊哉は彼にとって盗聴などなんでもないことなのだと悟った。

「ここじゃ何だから、外に出よう」

義波は笑みを浮かべたまま少年と並んで階段を降りた。その顔はこれから起こる楽しいことを想像している表情に見える。だがよくよく目を見ると、氷のレンズを嵌《は》めこんだように冷えていて、やはり心の深い部分が見えない。これからこの男に殺されるというのに、恐怖を感じないのは、真意が見えない表情のせいかもしれなかった。

「あんたは依頼人からぼくの住所と名前を聞いて、調べに来た。それでいい？」

話しながら、表玄関の脇にある通用口から外に出る。夏の夜の空気はしっとりと柔らかく、昼間よりも声が遠くまで飛ぶような気がした。

こちらのペースで話されることに不満でもあるのか、義波は低く唸った。「まあ、……そんなところかな」

「アパートを見つけて、ぼくを尾行した。そして、あの女性と合流し、この病院へ来るのを見た。それを確認してから、病院内でぼくらのことをいろいろと聞いて回った。こんな感じ？」

義波は頬を掻《か》いた。何も言わず、微笑んでいる。

少年はかまわずに続けた。

「こういう事情だから苗字も名前も偽名だと思った？　でもね、それは間違いだ。さっきの話を盗聴したんなら、わかるよね。ぼくは俊哉じゃない。あの女性は、ぼくの担任だったひと。……例の事件のときの」

「あのおじいさんが君の父親というのも、嘘なんだね？」

「聞いてたならわかるだろ。ぼくは先生と共謀して俊哉のふりをしていたんだ。先生とあのおじいさんの子供だった俊哉は、十五年も前に死んでる。十歳でね」

「でも、さっきは」

「そう。さっき亡くなったおじいさんは、俊哉は生きていると思い込んでいた。それに、生きていれば俊哉は二十五歳。ぼくじゃあ」俊哉を名乗っていた少年は腕を伸ばして見せた。「そんな歳には見えない」

義波はこちらを黙って見つめた。うっすらと浮かんでいた眉間《みけん》の皺《しわ》も消え、いっそう内面が見えない顔になっている。俊哉を名乗っていた少年は構わずに続けた。

「順を追って話すよ。先生のことを説明するには、二年前のあの事件のことをわかっていないと。でもだいたい説明しちゃったよね。学校裏サイトで話題のダークヒーロー、スクール・セイバーは、ぼくだ」

「その名前だけどさ」義波の顔に表情らしいものが浮かんだ。どういうわけか、ひどく悲しそうに眉尻《まゆじり》を下げている。馬鹿にしてるんだなと思った。

「ぼくが考えたんじゃない。もともと、スクール・セイバーの伝説はあったんだ。都市伝説みたいな、誰かが勝手に作った言い伝えを、ぼくは利用したんだ。あの事件のときも、いつものようにスクール・セイバーに掛けられた願いを叶《かな》えた。いじめっ子三人をやっつけてって。それだけさ。そのうえで——」

「ちょっと待とう」義波が右手を差し出した。少年が口を噤《つぐ》むと、彼はその右手をどうしたらいいのか迷うように、空中にしばらく留《とど》まらせてから下ろした。「やっつけた、と言ったね。だけどあの三人は完璧《かんぺき》な自殺だった。君が他人の意識に入り込む超能力でも持っていない限りは、不可能だ。それは、どうやったの」

「簡単だよ」できるだけ軽く答えようとしたが、口調が翳《かげ》るのは防げなかった。「いじめっ子をやっつけてと依頼されたぼくは、それぞれの弱点を探した。いつもそうするんだ。片思いの男の子と二人きりになれた女の子の話、あったでしょ。あれもね、男の子は諦《あきら》めが早くて飽きっぽい性格で、女の子は繊細で用心深いから、雨の予報があった日に、男の子の傘を隠しておいたんだ。女の子は自分の予備の折りたたみ傘を男の子に貸して、一緒に帰ることができた、というわけ。魔法でもなんでもない。あの三人にしたのも、要はそういうこと」

「というと……？」義波の口調はなごやかだった。

俊哉を名乗っていた少年は義波から目を逸《そ》らし、続けた。

「……いじめっていうのは、ストレス発散にもなるけど、ストレスが過剰にかかるとそんなことする気も失せる。だから三人の、押されたら弱い部分を探った。心の劈開面《へきかいめん》をね。ある子には、その子のお父さんが女子大生と援助交際してるのを家族にばらした。ホテルに入るところを写真に撮るのは、ちょっとした手間だったよ。ある女の子は、親友だと思っていた子に陰で悪口を言われてたから、それを本人に、ぼくからとはわからない方法で教えた。万引きが趣味の子には、それをいつも犯行現場にしてる店に通告しておいて捕まえさせて、その子の親の勤め先に噂をばら撒《ま》いておいた。それぞれの押されたら弱いところを攻撃して、心をひび割れさせた。いじめをする気力がなくなれば、それで良かったんだ」

「まるで三人を殺すつもりはなかったみたいに聞こえるね」義波は遠くを見透かそうとするように目を細めた。少年の心を窺《うかが》っているように見えたが、実際にはただ近くの街灯が眩《まぶ》しかっただけかもしれない。「……どうして君は、他人の願いを叶えてやったの。ヒーローになりたかったから？」

俊哉を名乗っていた少年は首を横に振った。伸び気味な髪が、頬を叩《たた》いた。

「楽しいからだよ。他人が、ぼくの思惑通りに動く。こんな愉快なこと、ないよ」

義波のほうを見ないようにしながら、少年は続けた。

「……事件のあと、警察は裏サイトの書き込みについて調べた。でもぼくにはたどりつけない。ぼくは裏サイトを覗《のぞ》くことはあっても、書き込むことはしなかったから。誰もぼくがスクール・セイバーだと気付かない。誰もぼくを見てない。ぼくはいじめられることもなかったけど、相手にもされない存在だった。そういう奴っているんだ。近寄らないほうがいいと思われているような」

そっと義波を見たが、彼はやはり無表情に近い薄笑いを浮かべたままだった。

「でも先生は違った」義波がどう思っているかは、もう考えないことにした。「先生は、ぼくがスクール・セイバーだって気付いてた。みんなの願いを叶えて回っていること、知ってたんだ。先生だけがぼくを見てくれていた」

その言葉に、義波は何かを感じたのかもしれない。ゆっくりと瞬きをした。あるいは何かを感じているふりをしただけなのかもしれない。

「先生は君に、頼みごとをした？」

「……先生の、あのひとは」内縁の夫という言い方は、どうしてもしたくなかった。

「十五年前、向こうの家族とこじれちゃったとき、三か月だけ先生と俊哉のところにいたんだ。俊哉には、父親は仕事が忙しいから滅多におうちにいないって教えてた。それがずっといるようになって、俊哉は喜んだ。でも、結局向こうの家に戻ることになって。そして、そのとき、本物の俊哉に話してしまったんだ。両親が正式な夫婦じゃないこと。たぶんこれからは、もうこっちの家にはこられないこと。十歳だった俊哉は、父親を追いかけて家を飛び出して行った。先生は急いで引き止めようとしたけど、追いつけなかった。ほんの何十メートルか先の道路で俊哉がトラックに撥《は》ねられるのを見てしまった」

その話を聞いたときに考えたことを、少年は思い出した。十歳の子供ではトラックの力には到底、敵《かな》わない。幸せはいつも脆《もろ》くて壊れやすいものだけど、それは極め付きの光景だ。

「以来、先生とあのひとは会っていなかった。俊哉のお葬式にも、彼は現れなかった。でも今になって、向こうの家族から入院したことを告げられた。先生があのひとの世話をしたいと言ったとき、向こうの家族は喜んだっていうよ。どこまでも耐える女だとでも思ったのかな。でも先生がそんなことを申し出たのは、善意からではなかった」

溜息《ためいき》を挟んだ。これから話すことを考えると、心が重くなった。義波は相槌《あいづち》も打たず

に、少年が続きを話すのを待っていた。

「先生は、彼が倒れて入院したと聞いたとき、自業自得だと思ったんだって。自分の息子にあんなことをしたから、最後は不幸になったんだって。家族に見捨てられてさぞ寂しいだろう。そう思って会いに行ったんだ。惨めな姿を見てやるつもりで。ところが十五年ぶりに会ったあのひとは、すべて忘れていた。ただの入院で、自分はまだ二つの家

庭をうまく維持していて、先生にも愛されていて、……俊哉も生きていると思い込んでいた」

「それは都合がいいことだね」本気なのかどうかわからない言い方だ。

「先生はそれで、切れちゃったんだ。息子が死んだ――死なせたことも忘れて、このま幸せな最期を迎えるなんて許せないと。それで、ぼくに相談に来たんだ。あのひとを苦しませるには、どうすればいいかって。だからぼくはこう言った。話を合わせてやって、死にそうになったときに教えてやればって。俊哉はもういないし、あんたは誰にも愛されてないって。そしたら先生が言ったんだ。いっそのことあなたが俊哉の身代わりをやってよって」

「そのために、君は俊哉のふりをしていた？」

「そんなに単純じゃない」俊哉は十歳で亡くなった。生きていれば二十五歳だ。いずれにせよ、俊哉を名乗っていた少年の外見にふさわしくない。「今思えば、あのとき先生は、最後の試験をしたんだと思う。あのひととぼくを会わせて、偽者だとわかったら、もしかしたら許すつもりだったのかもしれない。でも彼はぼくを俊哉と呼んだ。自分の息子の顔も忘れていたんだ。だから先生は実行したのに。……まさか、手に触れただけで見破られるなんて」俊哉を名乗っていた少年は、自分の掌を見た。街灯の明かりが、水のように掌に落ちている。「そのうえに、都合よく誤解して、ぼくと共謀しようとするなんて」

長い溜息をついた。

吐いた息と一緒に、心の力までが抜け出ていった気がした。全身がだるく、急激な眠気に襲われた。

「さあ、どうぞ」眠るのと死ぬのがおなじものならいいのにと思った。「あんたの番《ターン》だ」

駐車場の向こうの暗闇を見つめながら、少年は襲い来る衝撃に備えた。いきなり後頭部を殴られるか？　それとも、車に乗せられてどこかの山中に連れて行かれるか。

しばらく待ってみたが、そのどちらも訪れなかった。

なんだろうと思って目を遣《や》ると、義波は口元に拳《こぶし》をあてがって俯《うつむ》いていた。考え込んでいる表情なのに、それでもどこか偽物めいている。

「……最後に、君は言っていた。あなたにはこれでいい、とかなんとか」

「ああ……」泣き伏す先生にかけた言葉のことか。

「君はおじいさんに正体がバレても、先生に報告しなかった。なぜだ？」

眉間に傷跡のような深い皺を刻み、義波は少年を見た。情感たっぷりの表情を浮かべているくせに、目は凍ったままだ。

「そのほうがいいからさ」なんでこの男はこんなに得体が知れないんだろう。胸の内で膨らんでいく疑問を感じつつ、少年は答えた。「憎んだままで終わるのと、愛情を上書きされるのと。どちらも苦しいことだけど、ぼくは、愛情のほうがいいと思った」

「先生はずっとあの男を憎んでいたんだろう？　それなのに、最後にまた愛情を感じた方がいいのか？」

　義波の口調には責めている気配はない。ただ知りたいと思っているだけだ。だからこそ、少年は心が揺れるのを感じた。復讐《ふくしゅう》代行業者は続けた。

「憎んできたぶん、苦しむことはないのかな。憎しみというのは、晴らさないとずっと心に残るものじゃないのか？　それはつらいんじゃないか？　どうなんだ？」

「先生は彼を憎んでいた。でも、愛していなければ、憎むこともなかった」少年が言い返すと、義波は黙ってこちらを見つめた。「俊哉はふたりの愛情から生まれてきた子供だ。憎しみは晴らせば消えるけど、心は空っぽになる。空っぽになるくらいなら、愛が残ったほうがいい。愛情だって痛いけど、それでも……」ほんの少しだけ、声に力をこめた。「先生は、ぼくをちゃんと見ていてくれた唯一のひとなんだから」

　義波の目を覆う氷の奥で、何かがきらめいていた。感情なのか記憶なのかわからない。けれどその光のおかげで、義波の表情に生気が宿って見えた。

「君は今夜の選択を正しいと思う？　先生はそれで、恨みを晴らした人生よりも幸せになると断言できる？」

　わからない、と少年は答えた。直後に、でも、と言い切る。

「もしもぼくが、先生のことを憎んでいたとしたら。そうしたら、あのひとの願いのとおりに恨みを晴らさせてあげた。そうすればその後、先生は生きている限り苦しみ続けることになる。だから、その逆をやった」

義波の目の輝きが弾けるように大きくなるのが見えた。少年は不思議に思った。喜びとか驚きといった感情の光とは違う。もっと単純なもの。探していたものを見つけた反応に近いと思った。

「それで、どうするの」顔を背けながら、少年は問いかけた。義波を見ていると頭が混乱してくる。もう話したくないと思った。「どこでぼくを殺すの？　やるなら早くして」

「なんで僕が、君を殺すんだ」

聞き間違いかと思った。

目を向けると、義波は氷の目に戻っていた。

「……ぼくに用があって来たって言ったじゃないか」

「そうだよ、用があって来たんだ。なのに君はいきなり逃げるし、人違いで殺されるとか、しまいには取り引きとか言い出すし。困ったよ」

「は？」少年は顔を歪《ゆが》めた。からかわれているのかと思ったが、義波の表情にはそんなものはない。「あんた、ぼくを殺しに来たんじゃないの？」

「来てない」

「復讐代行業者なんだろ？」声が上擦った。「そう言ったじゃないか」

「言った」

「復讐代行業者が、二年前の事件のことで用があると言ったら、そりゃぼくを殺しに来たかと思うだろ」

義波はなぜか、数秒間、考え込んだ。何もない空中に視線を泳がせている。

「……ああ、だから誤解したのか」

「そうだよ！　それ以外に何があるんだ」

「僕は」顎《あご》を撫《な》で、首を傾げて少年を見た。そんな動作をするくせに、目には困惑の色がなかった。「スカウトに来たんだよ」

「スカウト……？」

「そう」

「ぼくを？」

「もちろん」

「なんで？」

「君の才能が欲しいから」

少年は口を開けたまま硬直した。「いや……」負荷がかかりすぎて、脳細胞たちがいっせいにフリーズしてしまった。再起動しようにも、電源を切ることもままならない。

「ぼくは、この仕事を最後にしようと思ってるのに」

つい本音を漏らしてしまった。義波は「え」と瞬きした。

「最後って、自殺でもしようとしてたの？」

ストレートすぎる。少年は思わず口ごもった。

「そうじゃないけど……、でもぼくは、ほら、あの三人。死なせるつもりなんかなかった。あんたも気付いただろ。手加減を間違えた。だからそれ以来、ぼくは人の願いを叶《かな》えるのはやめていたんだ。先生の頼みだから、今回は引き受けたけど。あんたはてっきりぼくの命を取りに来たんだと思ったから。それでもべつに、この仕事だけ終わらせられたら、それでいいと……」

「もったいない。君はすごいよ。他人の心の動きを先読みして行動を操作できる。それだけじゃない。何をしたら相手の心が痛むのか、それを計算できる。すごいじゃないか」

「すごくない！」思わず怒鳴ってしまった。「……あの三人は、死んだんだよ」

義波は眉尻《まゆじり》を下げた。

「人を殺すのは、いや？」

「あたりまえだろ！」

「へえ、そうなんだ」一体どういう精神構造をしているのか、義波は歯を覗《のぞ》かせて笑った。「でもそれは僕の仕事だ。君にしてもらいたいのは、人の心の動きを読んで、相手を追い詰めること。復讐というのは与えられた痛みを相手に返すことだからね。ところがこれが難しい。うちの会社の誰にもできない。だから探した。そして、二年前の事件に行きついた。スクール・セイバーを追いかけてみて、もしかしてと思ったんだ。僕がそう思ったんじゃないよ。うちの会社のボスが気付いたんだ。もしかしたらこのひとは、人の心を遠隔操作できるんじゃないかって。それで、僕が派遣された。僕たちの立案者《プランナー》になってくれ」

少年は口を開いたが、言葉は出なかった。静止していた脳細胞たちが震えている。義波は続けた。

「君は人を操るのが楽しいんだろう？　それに、君が暮らしてるあのアパートも、男と逃げた君の本当のお母さんが今は家賃を入れてるけど、いつ途切れるかわからないよ。うちはちゃんと給料を支払う。その才能、捨てるくらいなら、僕たちにくれ」

こいつ、と思った。

調べてあったのだ。それを知っているなら、少年が俊哉ではないことだって最初からわかっていたはずだ。

「あんた……何者なんだよ」

「僕は義波だ。贈与者《ギバー》。復讐を与える者」

「贈与者《ギバー》？」

「そう。義波は当て字だ」

少年は足元が強張《こわば》るのを感じた。後退《あとずさ》りして逃げたくなったのは、目の前の男の正体を知ったことで、ますます相手が化物じみて見えたからだ。

名前でさえ偽物だった。でもたぶんそれだけじゃない。目を覆う氷の壁。反比例する豊かな表情。この男が、自分の心のように見せかけているもの。なぜそんなふうに思うのかわからないが、それは誰かほかの人間のものだ。

「……あんたみたいな人がどうして、その贈与者《ギバー》になったんだ」

「うん？」完璧《かんぺき》な模造品の笑顔が戻った。「それを聞いたら、仲間になってくれる？」

少年は目を逸《そ》らした。夏の夜の闇が世界を押し潰《つぶ》している。

返事をしたらこの暗闇が永遠に続くような気がした。それでも、答えずにはいられなかった。

「いいよ。聞かせて」

この男について知りたい、と思った。

01 ギバー

その声は鼓膜から飛び込んで、脳を貫いた。

「高野《たかの》さんですよね？」

声をかけられた男は、階段の一段目を踏み出した姿勢のまま硬直した。今まさに、住まいであるアパートの階段を降りようとしていたところだった。階段は狭く、急で、そのうえ朝から雨が降っている。足元を見ながら、注意深く踏み出した。まさにそのときに、下から声をかけられたのだ。

はちみつのように甘い、若い女の声だった。

脳に受けた衝撃に、高野は一瞬、体を強張らせた。

声はもういちど高野の名前を呼んだ。

「高野利夫《としお》さん、でしょう？」

顔をあげた。階段を昇って来ようとしていた若い女と目が合った。畳んだ傘を片手に持っている。水滴が、顔の輪郭を覆う長い髪のあちこちにくっついて、くっきりした輪郭の目を際立たせて見せた。

高野の背中に汗が噴き出した。そんな、まさか。なぜ。

「わたしのこと、覚えていないですよね」女は階段を昇ってきた。水溜《みずた》まりが、ショートブーツの爪先に散らされた。高野は咄嗟《とっさ》に一段戻ろうとしてつまずき、よろけた。女はさも驚いたふうに、

「大丈夫ですか！」

早足で駆け上がってきたので、高野は口の中で小さな悲鳴をあげた。

「あんた、あんたは……」

自分でも情けないほど声が揺れた。

「わたしのこと、覚えてるんですか」近づいたせいで、女がつけている香水か、あるいはシャンプーかは知らないが、人工的な柑橘《かんきつ》系の香りが鼻をついた。

それがまた、高野の混乱を煽《あお》る。

おなじ香りだ。顔も——声でさえ。あの女と。

「わかるんですか、私のこと」

「尾崎《おざき》……」高野はあえぎながら言った。「尾崎、はるか……」

「そうです！」女は目を見開いた。両手を口元にあて、声を張り上げて驚いている。

「えっほんとに、わかるんですか。すごい」不意に女は、高野の耳元に口を寄せ、囁《ささや》いた。「さすがは、元・殺し屋さんですね」

高野は尻《しり》もちをついてしまった。若い女から逃げようと後退《あとずさ》る。

女——尾崎春香《はるか》は、大きく一歩高野に近づいた。

「逃げないでください。わたし、べつに、あなたに何かをしようとして来たんじゃないんです。ただ、返して欲しいんです。それだけです。返してくれたら、すぐにいなくなりますから。あなたが──」

「指輪か？」

尾崎春香はぴたりと動きを止めた。

瞬きをする。「え……？」

「指輪を返して欲しいのか？」

高野は手すりを摑《つか》み、なんとか立ち上がった。

「ほんとに、すごい……」尾崎春香は笑みを浮かべた。その笑顔を見て、高野はまた短い悲鳴を上げた。「それじゃ、全部覚えてるってことですか？　記憶しているの？　自分のしてきた仕事は全部？　それって、ほんと、すごい。さすがはプロですね」

尾崎春香はさらに一歩、高野に歩み寄った。靴が鉄の通路を踏む音が、やけに大きく響いた。

高野はこみあげてくる感情を堪《こら》えながら、迫ってくる女を見た。黒いレザーパンツと大きな襟のニット。それだけは、服装だけは、「違って」いた。そのことに安堵《あんど》しかけたが、すぐにまた、どういうことなんだ、という思いがこみあげてくる。

「どうやって、ここがわかった」

女はさっきとおなじように微笑んだ。高野の昔の職業を知っているとは思えないほど、やさしげで、無害な笑顔だった。

「調べてもらったんです。でも、そんなことはどうでもいいじゃないですか。わたしは指輪を返してくれたら、すぐに帰ります。本当に、それだけなんです。今も持ってるんですよね？　わたしのこと、覚えているのなら……」

高野は防御するように片腕を伸ばした。尾崎春香は、驚いたように立ち止まった。

「待て、――待ってくれ……」

「ええ。ここで待ってます」

折り畳んだ傘を両手で持ち、尾崎春香は頷《うなず》いた。目で、すぐ近くの扉を指す。そこが高野の部屋だと知っているのだ。表札の名前は違うのに。

「これからどこかへ出かけるつもりだったんでしょう？　待ってますから、持ってきてください」

高野は戦慄《せんりつ》したが、それは部屋の場所を知られていることへの恐怖ではなかった。その恐怖なら数時間前に味わった。今感じたのは、眩暈《めまい》のような混乱だ。なぜ。どうして。その言葉が、交互に意識を打ちのめしてくる。

「どこに行くんですか？　お仕事とか？」

「あんたには関係ない」知ったらさぞびっくりするだろうよ、と思った。

すぐさま鍵《かぎ》を取りだし、たった今出てきたばかりの部屋の扉を開け、中に飛び込んだ。背後で扉が閉まると、息を吐き、数秒間、襲い来る眩暈と戦った。

どういうことなんだ——なぜだ。何が起こっているんだ？　わからない。わかるわけがない。だがその答えを知るには、自分の目で確かめるしかなかった。

揺らぐ視界のなか、靴も脱がずに浴室に向かった。小さなアパートだ。台所を抜けるのに二歩もいらない。白い扉を開ける。赤ん坊でも窮屈に感じるような脱衣室の床が、濡《ぬ》れた靴底にこすられて音を立てた。震える手をどうすることもできないまま、高野はぴったり閉じていた浴室の扉を開けた。

湿った空気が、臭気と共に押し寄せてきた。

高野は顔を顰《しか》めたが、あえて、その臭いを吸い込んだ。

そしてタイルの床に横たわっているものを凝視した。

「……ああ」呻《うめ》き声が漏れた。「どういう、ことだ」

その場に座り込む。

頭を抱えた。小刻みな呼吸を繰り返してから、もういちど、浴室の床を見た。

箱のような小さな浴槽に頭をもたれかけて倒れている、若い女。

目は開いたまま。頭には、固まった血がこびりついている。長い髪はもつれて胸までかかり、その途中にある切り裂かれた喉《のど》から溢《あふ》れた血が、髪にもこびりつきながら黄色いTシャツに染みこんでいた。その流れもとっくに止まっている。膚《はだ》は青ざめて、命を感じさせるものは欠片《かけら》も残っていない。若い女の死体。

彼女は数時間前、まだ夜のうちに、この家の玄関に現れた。そして、こう言ったのだ。

高野さんですよね？　高野利夫さん。

わたし、尾崎春香です。

覚えていないでしょうけど、と女は甘い声で付け加えた。

高野の全身に危険を訴える信号が駆け巡った。

覚えている。正確には、記憶している。尾崎春香。その名前よりは、尾崎夫婦の子供、といったほうが高野にはピンとくる。

若い女は玄関にあがりこみ、扉を閉めた。

「ああ、いや、俺は」言いかけたとき、女が手に光るものを握っているのが見えた。厚く短い刃のナイフだった。一目で実用的なしろものだとわかる。今ではミリタリー・ショップでも、こういうナイフは買えないだろう。新しいものではないことは、刃先に小さな刃こぼれがあることでわかった。

「高野さんですよ」湾曲した口調で、女は言った。はちみつのような声が、さらに糖度を増した。

高野は一歩後退りながら、そもそも玄関を開けてしまったのは、この声のせいだと考えた。引退して長いといっても、用心を怠ったことはない。聞き覚えのない声がドアの向こうからしたら、むやみに開けたりはしない。その習慣さえ狂わせたのは、女の声がどうしてもその顔を見たくなるほど魅力的だったからだ。

失敗した、と思った。

この声そのものが、トラップだったのかもしれない。そんなものに嵌《はま》るなんて。

「高野利夫さん。わたしの家族を殺した人」女は声とおなじ、やさしげな微笑を浮かべた。「十七年もまえに」

「待て、いや、君は何かを勘違いしている」ちくしょう、と内心悪態をつきながら、もう一歩さがった。こちらは反撃できるものを何も持っていない。引退して六年になるが、危機的な状況に陥ったこと自体が初めてだった。「俺は」目を動かさずに、シンクの位置を確かめた。シンクの下の扉の中に包丁がある。料理に使うふつうの包丁だ。そんなものでも今は、なんとかして手に取りたかった。

「勘違いしてるのは、あなたのほうです」女はナイフをちらつかせ、大きく一歩、室内に進んだ。素早く目が動いて、高野の斜めうしろにあるシンクを見る。「動いたら刺します。でもまず話を聞いて。わたしはあなたを襲いに来たんじゃない」

「……何だって？」

高野は目を剝《む》いたが、女はどこか気まずそうに首を傾げた。

「返してもらいたいだけ。あなたが、あのとき、お父さんとお母さんから盗ったものを。それを返してくれたら、わたしはすぐに帰る。二度とここへは来ない」

「あなたのことは知ってる。あなたが仕事相手から、記念品を取り上げていたこと。それを集めるのがあなたの趣味だったのよね。わたしはあの夜、見ていたの。あなたが両親の指から指輪を抜くところを。だから、取り返しに来たの」

「君は……どうやって、俺のことを捜し出した？」高野は考えを巡らせた。

引退すると決めたとき、もっとも重要だったのは身の隠し方だ。高野のような職業の人間にとって、引退とは野生の肉食獣が牙《きば》と爪を失うことを意味する。弱肉強食の掟《おきて》のなかで無防備になれば、それが元肉食獣であっても、おなじ種類の獣の餌になる。大切なのは牙と爪をなくした獣が安全に暮らせる身の隠し方だ。

その点は慎重にやったつもりだった。名前を変え、戸籍も買った。貯めた金のほとんどは、安全に暮らす場所を手に入れる工作に使い果たした。見つけるのは至難の業だったはずだ。おなじ世界の、牙も爪も持っている人間でなければ。

「君は——」

「君は、ご両親とおなじ仕事に就いたのか」

「いいえ」女は頭《かぶり》を振った。長い髪が肩で揺れた。

「じゃあ、どうやって——」

「ちょっとおもしろいサイトを見つけたの」女は小さく笑った。「書き込めば願いを叶《かな》えてくれるっていう噂のサイトがあってね。すぐにアドレスが変わっちゃうけど、だからこそ見つければ叶うって。そこに書きこんだの。わたしの家族を殺した男を見つけてくださいって」

「なんだって？」高野はインターネットは苦手だ。そんな頓狂《とんきょう》なサイトがあって、自分の悩みを書きこむ輩《やから》がいるなどとは、にわかには信じられなかった。

女は笑顔のまま続けた。

「まさか返信がくるとは思わなかった。詳しいことを聞きたいって。だから、覚えている限りのことを書いて送った。あの夜の状況、両親の名前、あなたが何をしていたか。一週間もしないうちに返事がきたわ。あなたの名前と住所が書いてあった」

「ちょ、ちょっと待ってくれ」吐き気がこみあげてくる。「インターネットに書いた？俺のことを？　そんなことしたら――」

「今はそんなの、どうでもいい」女は高野の鼻先にナイフを突きつけた。「わたしのお父さんとお母さんの指輪を返して」

高野は両手を挙げた。

「わかった！　わかったよ……」

転げるように寝室と居間を兼ねた六畳の和室に入った。女はナイフを構えたままついてきた。

「ここに」高野は押し入れに手をかけた。「しまってある」

ふすまを開ける。

上下二段のスペースの、上一段を、半透明のプラスチックでできたチェストが占めていた。雑然と物が詰まっている。熊のぬいぐるみや古ぼけたキーホルダー、片方だけのピアスなど、ここにある理由さえわからないようなものが、ビニールにくるまれている。

女は透かし見るように目を細めた。

「それが、あなたの戦利品というわけ」

「記念品だ」素早く言い直した。「俺の仕事は証拠が残らないだろ。建設業なら建物が残るし、会社なら業績が記録される。でも、この仕事はなにも残らない。死体以外は。その死体だって、人目に触れないように処理される。だから思い出せるように、記念の品を取っておく」

高野は軽く笑おうとしたが、女の目が氷のように尖《とが》ったのを見て、やめた。

女はナイフを高野のほうに向けた。

「早く、ちょうだい」

「わかったよ。そんな、怖いことをするなよ」

実際、恐ろしかったが、高野はあえて女に背中を向けてチェストを漁《あさ》り始めた。女は威勢よくナイフを突き出しているが、わずかに腰が引けている。本人もナイフを怖がっている証拠だった。そのうえ柄《つか》の端を握ったりして。横から薙《な》ぎ払われたら、簡単に落としてしまう。

つまりこの女は、こういった行為に慣れてはいないということだ。

一段目のチェストの中身を掻《か》き回しながら、高野は呼びかけた。

「今は何やってるの。お父さんとお母さんの仕事を継がなかったと言ったね？」

尾崎春香は溜息《ためいき》をついたが、自分の近況を話し始めた。自身の情報を漏らすなんて、それこそ不用心というものだが、彼女は話したかったのかもしれない。両親が亡くなったあとは施設で育ったこと、自分だけが里親に育てられ、弟はそのまま施設で亡くなったこと、今はごくふつうの暮らしをしている。花屋でアルバイトをして……。

「そうか。すまない」チェストの底から小さなビニールパウチを取り、高野は振り返った。片手はチェストに入れたままにしておいた。「苦労をかけたとは思う。でも、君のご両親は、そういう世界にいたんだ」

「わかってる。早く返して」

高野はビニールパウチを女に差し出した。銀色の指輪がふたつ、ビニールの中におさまっている。

尾崎春香は高野と距離を取っていたが、警戒しながら手を伸ばした。高野は彼女がそれを取るとき、あえて身動きしなかった。

両親の形見を、若い女はしっかりと片手に握った。もう一方の手は、欠けた切っ先を高野に突きつけ続けている。

「あなたは家族を殺した」声が低くなったが、それでもはちみつのような甘さは消えなかった。「わたしはさっき、これをくれたらおとなしく帰ると言ったわね。そんなはずないじゃない。あんたは仇《かたき》なんだから」

言うなり、女はナイフを振り上げた。

高野はチェストに突っ込んでいた片腕を振るった。手には、ビニールで覆った水晶玉が握られていた。そのなめらかな表面で、女のこめかみを殴った。ナイフが床に落ちる音のほうが、女が発した一瞬の悲鳴よりも大きかった。

「だろうと思ったよ」

息切れしながらそう言った。

そのときはまだ、女は倒れた姿勢のまま呻《うめ》き声をあげ続けていた。


玄関扉を叩《たた》く音に、高野の肩が跳ねた。

「高野さん？」はちみつの声が聞こえる。「まだですか？」

足元を見た。女は確かに死んでいる。まだ息のある女を浴室に運び、喉《のど》を切り裂いて殺したのだ。脈も確認した。念のために、二時間ほど様子も見た。今は昔の死体処理専門の仲間に会いに行くところだったのだ。

なのに、この状況はなんだ。

「高野さん？」もういちど声がした。

思わずその場に座り込み、頭を抱えた。

高野はこれまでいちども幽霊というものの存在を信じたことはない。そんなものを信じていたら、あの仕事は続けられなかっただろう。請け負って人を殺す。この社会の大多数の人間にとって、フィクションの中にしかない仕事。だが現実に、高野はそれで食いつないできた。

現実の殺し屋というのは、映画に出て来るようなドラマチックなものではない。仕事の多くは、やくざや売人グループのいざこざの口封じだった。昔は鉄砲玉なんていって、警察に捕まっても困らない子分に仕事をさせたものだが、最近のやくざは専門の人を雇う。そのほうが合理的だからだ。高野もそんなひとりだった。殺しといっても、人目を気にしながら、車の中や廃屋で、証拠を残さないように手早くやる。死体の始末をするのも専門の請負人がいて、その作業は工場のレーンや、ふつうの会社でパソコンを操作しているのと変わらない。

高野の仕事でひとつだけ特徴があるといえば、記念品を取っておくことだった。獲物が身に着けているものをひとつだけ持ち去る。それはいわば、神経を擦り減らして遂行したにも拘《かか》わらず、絶対に世間に認知されることがない自分の仕事への、高野なりのプライドの表現だった。

プライドを保つことが必要になるほど、地味な仕事だ。殺し屋というのは。

だがそんな仕事の記憶のなかで、尾崎夫婦の一件は突出していた。

夫婦が、高野とおなじ仕事をしていたからかもしれない。

二人は奇妙な殺し屋だった。この仕事をしている者はたいてい、我が身を世間とは隔絶した場所に置く。裏社会に生きて、いわゆる一般人とは極力、関わらないものだ。ところが尾崎夫婦は、高野とおなじ請け負いの殺し屋だったというのに、なんと二人とも教師をしていた。夫は高校の数学教師、妻は英会話教室で子供たちを教えていた。二人の存在を知ったときは驚いたものだ。両手を血で汚しておきながら明るい未来を生きる子供たちに接する。そんな図太い神経は、何人もの麻薬中毒者や組を裏切った若者を始末してきた高野にさえ、信じられないものだった。おまけに二人には、子供がいた。女の子と男の子。それでいて子供がターゲットの殺害の仕事を請け負ったのだ。被害者は相続関係の争いに巻き込まれたわずか五歳の少年だった。その子の母親が、以前高野に仕事を依頼した暴力団の幹部の妹だったことで、高野は夫婦への復讐《ふくしゅう》を依頼された。隠す必要はない。むしろ、派手に殺してくれ。

それはそれで難しい依頼だったが、高野にとっても尾崎夫婦は異様な存在だったので、引き受けるのにためらいはなかった。

ある夜、夫婦が車で出かけるのを見た高野は、交通事故を装って車を追突させた。車内にいた夫婦の首を切り、車を炎上させた。記念品として指輪を盗んだ。もちろんただの交通事故にしては不審な点はあったろうが、依頼人の「なんとかする」という言葉は本当だったようで、ただの事故として処理された。

ひとつだけ不意打ちだったのは、のちに新聞に載った事故の記事だ。

教師夫婦事故死——車内にいた姉弟は軽傷。

車内に子供がいたことを高野は見逃していたのだ。

依頼人にそのことを話すと、ガキは放っておけと言われた。あんたらが仏心を出してどうする、と思ったが、捜し出して殺せば足がつくかもしれない。何を見たとしても、子供のことだ。そしてそのまま、月日が流れた……。


扉を叩《たた》く音が響いた。

「あの、高野さん？　聞こえてます？」

高野はさらに強く、耳を押さえた。

考えろ、と自分に命令をした。

浴室の床を見る。横たわる女の死体。「この」尾崎春香が話したことを思い出せ。態度を思い返してみろ。奇妙なところはなかったか――。

何かあるはずだ。神経をぎりぎりまで研ぎ澄ませ、細部までミスがないか考えた、あのときの思考力を取り戻すんだ。考えろ……。

だがいくら記憶を浚《さら》ったところで、尾崎春香と対峙《たいじ》していた時間は短い。そこでしたこと、話したことなんてたかが知れている。親を殺された殺し屋の娘が復讐に来ただけだ。家族が全員死んだなら、自暴自棄になるのもわかる。弟も亡くしたと言っていた。あのとき一緒に助かった弟も……。

高野は顔を上げた。

なぜ、弟の話をしたんだ？

話の流れからいっておかしくはない。だが尾崎春香は、どうして高野に訊《き》かれるまま、自分の近況を話したのだろう。両親の結婚指輪を奪い、そのあとで高野を殺すつもりなら、むしろ喋《しゃべ》らぬべきだったのではないだろうか。

高野は死体にしてきた多くの人間たちを思い出した。それよりも数は少ないが、出会ってきた同業者たちのことも思い出した。殺される側は、今わの際に自分のことを話すことが多い。妻と子がいるとか、年老いた両親がいるとか、それらが本当であったかはわからない。が、やるほうは真逆だった。自分のことをこれから殺す相手には教えない。裏稼業の人間には妙に古風なところがあって、そんなものは存在しないと思いつつも、死者の呪いを恐れるものだ。

尾崎春香は違った。積極的に話した。なぜだ？ 理由があったからだ。高野に自分の近況を伝えて、恨みを晴らしたい——そう見せかけていたはずだ。だとしたらそのなかに、何かを隠したのではないか。嘘を埋め込んで、万が一、高野が生き延びたときに、それを守ろうとしたのではないか。あるいは、そいつが戦いに来たときに、不意打ちができると思ったのか。

「ああ……」思わず、声が出た。「ちくしょう」騙《だま》されるところだった。

高野は脱衣室の洗濯物を放り込んでおくカゴに手を伸ばした。

今は何もないそこに、刃こぼれしたナイフが置いてある。尾崎春香のナイフだ。これもある意味では戦利品だから、保管しておこうと思ったのだ。

奥歯を噛《か》みしめながら脱衣室を出た。扉をぴったり閉め、玄関に向かう。

「高野さん？」声は続いている。正体に気付いた今でも、その声は本物の尾崎春香と区別がつかない。「わたしのこと忘れちゃいました？」

ふざけているような言い方は、こちらが相手の正体に気付いたことなどまったく意識していない。

だがなぜだ、と玄関に近づきながら高野は考えた。なぜおまえはこんなことをするんだ。打ち合わせでもしてあったのか？　朝までに帰らなかったら女装して高野のところに行けと？

「いま出るよ」外で刺すのはまずい。まずあのニットの襟元を鷲摑《わしづか》みにして、室内に引きずり込む。血を流すのは厄介だ。せめて風呂場《ふろば》まで行ければいいが、相手が男だとすると、力では互角の勝負になるかもしれない。「待ってて」

ナイフを握り直した。柄《つか》のほうを小指側にして握る。

まずは眉間《みけん》に一撃だ。

人体には、そこを攻撃されるとどんなに屈強な人間でも隙ができてしまう急所というものがある。眉間もそのひとつだった。ヘルメットを被《かぶ》らない限り剝《む》き出しになっているし、叩かれれば強い眩暈《めまい》に襲われる。それで動きを封じたら、次は腹だ。相手が男なら股間《こかん》を狙うのもいい。おなじ男として、それはかわいそうだと思うが、効果は抜群である。

高野はノブに手をかけた。

汗で滑った手に力をこめて、ノブを回した。ナイフを握りしめた手を、扉の向こうにいる尾崎春香もどきの眉間の位置に上げる。

「お待たせっ――」

扉を開けたそこには、誰の姿もなかった。

動きを止めた高野の真横から、強い衝撃が来た。

こめかみに、斜め方向から、脳を押し出すような激痛が加えられた。硬いもの。人体ではない。折り畳んだ傘の先端で殴られたのだとわかったとき、高野の上半身は玄関の壁まで吹っ飛んだ。が、反射的にナイフを握りしめ、落とすことだけは避けた。顔をあげるまえにもういちど殴られた。今度は腹を一撃だ。深く、的確な衝撃だった。肝臓の位置をよくわかっていて狙っている。高野は腹を押さえて蹲《うずくま》った。

「もっと奥へ行こう」耳元で聞こえた声はもう、はちみつのように甘くはなかった。

「ここじゃ、外を誰かが通りかかった時に、あなたの悲鳴を聞かれるかもしれないもんね」

ひどく落ち着いた、爽《さわ》やかな若い声だ。まぎれもない男の声。さっきまでの尾崎春香の声は、録音したものを流していたのだろうかと思うほどだ。

男は傘を玄関先に捨てると、高野の襟首を掴んで、狭い廊下を引きずった。奥の部屋の入り口に放り出したかと思うと、うえから踏みつけた。喉《のど》を踏まれた高野は咄嗟《とっさ》にナイフを尻《しり》の下に隠し、両手で相手の足首を掴んだ。引きはがそうとしたが、びくともしない。

高野の喉を踏む人物は、化粧も服もさきほどまでと寸分変わらない。だが今ならば、尾崎春香だとは思わないだろう。顔立ちは似ている。しかし微妙に違う。尾崎春香よりも彫りが深いし、あの女の目はこんなに冷淡ではなかった。

「おまえは……」高野は新聞記事の記憶をたぐった。小さな文字で書かれていた姉弟の名前は、揃えたように季節が入っていた。姉は春香。弟は……。「冬矢《とうや》？」

「当たり」男は口元を歪《ゆが》めた。微笑んだつもりだったのかもしれないが、笑顔には見えなかった。「僕は尾崎冬矢。春香の弟」喉を押す爪先に力が入った。「姉さんから僕のこと聞いたのかな」

高野はあえいだ。足の中指が気管に食い込んでいる。息ができないのはもちろんだが、親指が耳介の下を強く押していることも気になった。そこを力の限り押し続けると、人間は数秒で気絶する。相手はそれを知っていて、だが、高野が気を失わないように力を調節しながら押している。

こいつは、――……この男は、素人ではない。

悪寒が体内を駆け巡った。尾崎夫婦が死んだとき、こいつはいくつだった？　せいぜい小学生だ。そんな歳の子供に人体の弱点を教えるとは思えない。いやむろん、あの尾崎夫婦だ。陽の世界と陰の世界を跨《また》ぎ越して暮らすという、高野からすれば信じられない精神構造をしていた夫婦だ。そういう教育をほどこしていたとしても不思議はない。

だがそれでも、高野は知っている。そういった知識は持っているだけでは役に立たない。実際にやってみて、しかも、何度も繰り返さなければ、こんなに的確に相手の急所を攻撃することなど不可能だ。どんな悪党でも、本物の人間が相手だと無意識に手加減してしまうか、あるいは過剰な破壊に走ってしまう。こんなに落ち着いているのは、経験があるからだ。

尾崎冬矢が爪先に力をこめた。塞《せ》き止められた呼吸に激痛が加わり、高野の口から舌が飛び出した。

「昨夜」尾崎冬矢は顔を近づけた。氷を削《そ》いだような目に高野の顔が映っていた。舌を出してあえぐ顔は、自分のものとは思えないほど情けない。「姉さんが来ただろう？　姉さんはどこ」

長い髪の先が高野の頬をくすぐった。

その瞬間、高野は尻の下に隠していたナイフを引き抜いた。手首を捻《ひね》り、刃の先端を尾崎冬矢の首に向けて空気を切る。だが若い男は寸前で飛び退いた。刃先が掠《かす》った髪が数本、舞い落ちた。

高野はすぐさま体を起こした。脳を駆け巡るアドレナリンが、全身の筋肉に俊敏さとほどよい緊張を与える。長年、馴染《なじ》んだ感覚だった。

飛び退いた尾崎冬矢は、ふすまを背にして高野と向かい合った。そのうしろには、高野のコレクションが入っている。こいつからは何をもらおうか、とナイフの柄を握り直しながら高野は考えた。あの長い髪はカツラだろうか？　姉のほうからは、できればあの声をもらいたいところだが、死んでしまってはそれもできない。声帯を切り取るような趣味はない。姉の髪と弟のカツラを両方、ちょうだいしようと思った。そしてこのナイフと一緒に保管しよう。おもしろい記念だ。

高野は足首に力をこめた。

踏み出した。頭で考えるよりも、体が、この瞬間を記憶していた。追い詰めた獲物にどうとどめを刺すか。賃貸の部屋の中でナイフを使って血を流すのはためらわれたが、仕方がない。

全身で向かっていく高野に、尾崎冬矢はこんなときの獲物たち全員が示したのと、おなじ反応を見せた。

立ちすくみ、動かなかったのだ。

高野は遠慮なくその胸を狙った。刃先を倒し、肋骨《ろっこつ》の隙間から刃を肉に滑り込ませ、人体の重要な臓器に回復不可能なダメージを与える。獲物の手が防御のために体の前に持ちあがった。もちろん手など何の障害にもならない。数秒が一分にも感じられる。高野は自分の体を押しつけるようにして、若い男の偽物の胸のふくらみの下を刺した。

つもりだった。

冷たいものが、高野の胸に滑り込んできた。

一陣の風が、胸に直接、吹き込んだ。そんな衝撃だった。

「え……？」風の根元へ視線を落とす。胸から、黒い柄が生えていた。その先端にあったはずの刃がない。代わりに、尾崎冬矢の手が、刃があった場所を押さえていた。

刃は。

高野は口を動かしたが、言葉は頭の中から出て行かなかった。

刃は、どこへいったんだ？

尾崎冬矢の手が、柄を引き寄せた。高野の胸に吹き込んだ冷たい風が、一緒に外へ引きずり出されていった。見ると風の感覚と一緒に、赤い筋にまみれた銀色の刃《やいば》が抜け出ていくところだった。

「これ、姉さんが持ってきたナイフだね」尾崎冬矢の声は恐ろしいほど静かで、平坦《へいたん》だった。「僕たちの両親のナイフ。これには、おもしろい仕掛けがあるんだよ」

尾崎冬矢は高野の胸から刃を完全に引き抜き、赤いものにまみれた刃の付け根を拳《こぶし》で叩《たた》いた。

すると一瞬で刃が柄の中に引っ込んだ。ほとんど同時に、反対側から、汚れのない銀色の刃が飛び出した。刃先がわずかに欠けている。

「この仕掛けを知らないと、ただのナイフに見えるよね」

尾崎冬矢は笑ったが、氷の洞窟《どうくつ》に響く音のように、虚《むな》しい笑い声だった。

「あ……、で――な、……」

意味が繋《つな》がらない言葉が、高野の口から漏れた。

自分でも、何が言いたいのかわからなかった。

風が出ていった場所に穴があいて、そこから温かいものが漏れ出て行く。静かな命の流出だ。そういえばいつもこんなだったと思い返す。始末が大変だから刃物はあまり使わなかったが、使ったとしても、動脈を切らなければ出血というのはそれほど派手じゃない。心臓は特に、驚くほど静かに血を流す器官だった。

視界が沈んで行き、荒れた畳が迫った。倒れた感覚はなかった。尾崎冬矢が、何かを探すようにあたりを見回している。やがて彼は、たんすに手をかけて中身を漁《あさ》り、高野のシャツやタオルを手に戻ってきた。集めた布を胸の傷口にあてがっている。手当をするつもりがないことは、急速に死滅していく脳細胞でも理解できた、血が畳に広がるのを、できるだけ抑えようとしているのだ。

後始末が大変だものな。そんなことを、考えるでもなく考えた。紡ぐ最後の思考がこんなもので、脳細胞たちはさぞがっかりしていることだろう。体の感覚が消えて行く。霞《かす》む視界に奇妙なものが映ったのは、そのときだった。

玄関扉が開いたのだ。

会いに行こうとしていた仲間かと思ったが、そんなはずはない。

奴は電話での連絡を嫌い、直接会って話をする以外の連絡方法を許さなかった。だから高野が今こうなっていることなど知るわけがない。

直後、聞こえた言葉に、高野は最後の衝撃を与えられた。

「尾崎さん？　用事は済みましたか」

まったく知らない声だった。

男で、若くない。

顔は見えなかった。視力は失われつつあった。景色がぼやけて、滲《にじ》んで行く。生き残っていた脳細胞も、次々に死んでいく。最後まで残った聴力が、尾崎冬矢と突然現れた男との会話を聞き取っていた。だが、何を言っているのかは、わからない。

高野の心を悔しさが満たした。悔しいまま、萎《しぼ》んでいく。

最期に感じる気持ちが人生のすべてだと、昔、誰かが言っていた。疑問と混乱がそれだなんて。だがその悔しさも、萎《しぼ》みきって、ぱちんと消えた。


畳に倒れた元殺し屋を見下ろして、男は少しだけ怯《ひる》むように後退《あとずさ》った。

「あ、死んでますよ」ナイフについた血を拭《ふ》き取りながら、尾崎冬矢は現れた男に言った。「もう動きません」

男は息を吐いた。死んでますよ、か。

まるでハエを叩き潰《つぶ》しただけのような口調だ。男は意味もなくポロシャツの襟をいじり、目の前に死体がある恐怖をなんとか堪《こら》えようとした。

この程度で動揺するわけにはいかない。これから、この青年を連れ帰ることができれば、こういうことが日常になるのだから。

男は死体になった高野から目を離し、尾崎冬矢を見た。彼はどこからか取り出した鞘《さや》にナイフの刃先を収めていた。

「お姉さんは、どこです？」

尾崎冬矢はナイフを腰に差した。かすかに俯《うつむ》いたように見えた。

「お風呂場《ふろば》じゃないかな。たぶん」

男は振り向いた。狭い台所のシンクの向かいに、ぴったりと閉じた白い扉がある。その向こうが風呂場だろうと思い、一歩、そちらへ戻りかけた。

「行かないでください」鋭い声だった。

男はその場で足を止めた。

尾崎冬矢は男の前を通り過ぎ、白い扉に手をかけた。

「ここにいて、できれば、離れていてくれませんか」

わかりました、と男は答えた。

だが離れていてくれと言われても行くところがない。部屋には目を開いたままの死体があるし、廊下は狭い。仕方なく玄関まで移動し、そこに立った。

尾崎冬矢はこちらを一瞥《いちべつ》したが、声をかけるでもなく、白い扉の向こうに消えていった。

男は後ろ手に両手を組み、聞こえてくるであろう尾崎冬矢の声の衝撃に備えた。それは悲鳴だろうか？　泣き声だろうか？　どのみち愛《いと》しい人の事切れた姿を見た悲痛な声であることに違いない。

だがいくら待っても、扉の向こうから声は聞こえなかった。男は不謹慎であるとわかりつつも、耳をすました。ただ静かなだけだった。恐ろしいほどに。

やがて、扉が開いた。

男は一歩、踏み出そうとした。尾崎冬矢が、その場に崩れてしまうのではないかと思ったからだ。しかし彼はしっかりした足取りで立ち、溜息《ためいき》すら洩《も》らさなかった。

「すみませんけど、何か入れ物を持ってきてください」

たいらな声だった。

いくらか拍子抜けしながら、男は外に停めた車に戻り、スーツケースを運んできた。早朝とはいえ、アパートの周囲に人の姿はない。それでも目立たないことを心がけながら戻ると、尾崎冬矢はありがとうと言ってスーツケースを受け取り、一人で白い扉の向こうに入って行った。こんどは、かすかな物音が聞こえた。何の音なのかは想像がついたが、怖気《おぞけ》がくることはなかった。あくまで淡々と作業をしている。そんな音だった。

「ありがとうございました。待っていていただいて」

現れた尾崎冬矢は、スーツケースの引手をしっかりと握りしめていた。

顔をあげる。微笑みも、悲しみもない、焦点さえ合わない目で、彼は男を見た。

「じゃ、行きましょうか」


スーツケースをトランクにしまい、尾崎冬矢は車の助手席に座った。

「そういえば、あなたのことはなんて呼べばいいですか？」

ハンドルを握った男はしばし考えた。もちろん、名前はある。用意しておいた名前だ。

「……町田《まちだ》と呼んでください」

あえて、偽名であることを示すような言い方をした。

尾崎冬矢の横顔は揺るがなかった。そうですか、と言っただけだった。いくら平静を装おうとしても、内面の感情は外に漏れるものだ。けれどその青年には一切の揺らぎがなかった。心がうつろになる瞬間が誰にでもあるが、この青年の場合は、それが体の中でループを繰り返しているように見えた。

車を発進させる。

しばらく走っても、どこに行くのかと尋ねられることはなかった。

「私たちのことを、恨んでいるでしょうね」

町田は唐突に尋ねた。

あまりに尾崎冬矢が静かだったので、火を点《つ》けてみたいと思ったのかもしれない。少なくともこのままこの青年を、あのひとのまえに出すわけにはいかないと思った。

青年は町田を見た。ぼんやりとした目のままだった。表情のどこにも、感情の炎どころか、火花さえ見えない。

「どうしてそう思うんですか」

すぐに目を逸《そ》らしてしまった。町田は話し続けた。

「あなたのお姉さんが利用した、どんな願い事でも叶《かな》えるサイト。あれを作ったのは私たちですよ」すでに言ってあったことだが、今聞けば響きが違うだろう。「あなたのお姉さんは、両親を殺した男を見つけて欲しいと書きこんだ。それに私たちが応《こた》えた。詳しい話を聞いて、高野を見つけ出し、お姉さんの願いを叶えた――」

「その願いのことですけど」尾崎冬矢が町田の言葉を切るように言った。かすかな期待を抱いて、町田は青年を見た。横顔に表情はなかったが、それでも声は続いた。「どこまで願ったんですか。ただ高野の居場所を見つけてくれとだけ？　それとも、もっと他のことも？」

町田は少し考えた。それから、今話せる限り本当のことを言った。

「昨夜、お姉さんから連絡がありました。朝を待ってあなたに電話をするようにと。それから、大きなスーツケースを用意しておいてくださいと」

「そうですか」感情のない声だった。

それきり、尾崎冬矢は口を噤《つぐ》んだ。

町田は黙って運転を続けた。心に生まれた疑問は、次第に大きく膨らんでいった。本当にこの男でいいのだろうか？　確かにとても有用な人材かもしれないけれど。この反応の薄さはいけない。姉の死体を見て、壊れてしまったのではないだろうか。それでは使い物にならない――。

一時間ほど走り続けた。

窓の外を流れる景色は、郊外の住宅街から都心のビルへと変わった。その頃になると、降り続いていた雨は霧雨に変わり、やがて背の低い建物が並ぶ街へと移り変わる頃には、すっかり止んでいた。途中、緑に囲まれた道を抜けた。そこを抜けるとまた家が立ち並ぶ区画に出た。雲の切れ間から日差しが注ぎ、それが建物の隙間に見える海を輝かせた。

その美しい景色を見ても、青年は一切の表情を表さなかった。

「湘南《しょうなん》の海ですよ」声をかけてみた。

青年はかすかに眉《まゆ》をあげた。どう答えるのが正しいか、考えたように見えた。

「きれいですね」

とってつけたようとまではいかないが、無愛想ではある口調だった。

海沿いをさらに十分ほど走り、車は高台の一軒家の門をくぐった。門は開け放してあった。

白い壁の二階建ての家と、それを取り囲む小型の森のような庭を見ても、青年はまったく表情を変えなかった。

車を停め、屋内へ案内する間、町田は青年に声をかけなかった。そうしなくても彼はおとなしくついてくるとわかっていたからだ。

玄関ホールを抜けて、豊富な光が照らす廊下を歩き、一階のリビングルームに青年を通した。壁の一部が窓になっていて、そこから庭が見える。雨上がりの木漏れ日が床に模様を描いている。天井は高く、家具はすべて濃い色の木材で、部屋の奥にあるキッチンスペースまで歩くのは、ちょっとした運動になりそうな広さだった。

部屋の扉をくぐって数歩進み、振り返ると、青年は部屋の一か所を見ていた。魂が抜けたようになっていると思っていたが、そうでもなく、ちゃんと見るべきものは見ているらしい。青年の目は白い部屋の窓際の、ソファセットの脇に立っている女の子に向けられていた。

町田も少女のほうを見た。十代にさしかかったばかりの年頃の女の子で、ふわふわと波打つ長い髪をしていた。ひどく痩《や》せている。なかでも膝《ひざ》丈のジーンズから伸びる脚の細さは顕著で、今も長い毛足の絨毯《じゅうたん》のうえであるのにも拘《かか》わらず、細い体を支えるために震えていた。

少女の背後には車イスがある。片手を窓枠に添え、なんとか足を踏ん張っているその姿は、彼女がたった今立ち上がったばかりであることを物語っていた。

「こんにちは」震える脚とは対照的な、はつらつとした声で、少女はあいさつをした。

目は町田のうしろにいる青年を見ている。「変に気を遣わないでね。大丈夫？　とか言われたりするのが、いちばんいやなの」少女ははっきりと言い切った。

反応がない青年と車に乗っていたせいか、町田にはその声のなかにある生き生きとした感情に、心を撫《な》でられている気分だった。

意外にも、青年は言葉を返した。

「心配したくても、できない」

え？　というように、少女は首を傾げた。

青年は淡々と続けた。

「君みたいな子を見たら、大丈夫？　と言えばいいのかな。君は姉さんに会った？　姉さんは、そう言った？」

少女の肉が削《そ》げた頬が、笑みによってわずかの間、ふくらみを取り戻した。

「お姉さんには会った。あなたのお姉さんは、私が言うよりも早く、気を遣われるほうが疲れるよね、だから何も言わない、と言ったわ。嬉《うれ》しかった」

青年は顎《あご》を引いた。頷《うなず》いたのかもしれなかった。

「うん。姉さんなら、そう言うと思った」

町田ははっとした。溶けない氷のようだった青年の声に、かすかに瞬くものがあった。

感情というにはあまりに乏しいそれは、もし感情だとしたら、自慢の類《たぐい》かもしれない。

少女は、笑顔で頬に丸みを作りながら、「座って」と青年に声をかけた。華奢《きゃしゃ》な手は、車イスのうしろにあるソファを示していた。

青年はためらわずに少女の近くへ寄った。初めて来た場所で人間があたりまえに見せる、戸惑い、緊張、そういった感情は、青年の一挙一動のどこにも存在していなかった。

「何か飲む？」

少女は窓枠に手を添えたまま、青年に問いかけた。彼の動きに合わせて首を動かすが、体はその動きについてこない。それでもなんとかして体の向きを変えようと、少しずつ脚を動かしている。常人であれば誰もが手を差し伸べたくなる姿だろうに、青年は自分だけさっさとソファに座ってしまった。

座ってから、ただ短く「べつに」と言った。

「じゃ、適当に何か用意するわ。私はいつものお茶がいいな」少女は部屋の奥へ視線を向けた。

青年も、つられたというよりは、そうするものだろうと考えたような動作で顔を動かした。

キッチンスペースの奥で、人影が立ち上がった。女だ。人の好《よ》さそうな笑みを浮かべているが、その場にずっといたにも拘わらず気配を殺していた事実が異様な、エプロンをかけた中年の女だった。

「薔薇《ばら》のお茶ね。町田さんもそれでいいかしら？」甲高い声が陽気に問いかけた。

町田はそれでいいと答えた。

女は笑顔を貼り付けて、キッチンスペースを動きまわった。お茶を用意するのが楽しくて仕方がない様子に見える。町田はなんとなく、この場でいちばんまともな神経の持ち主は自分だろうと思った。

少女は突っ張る脚を動かして、青年の向かいに座った。その動作のすべてがぎこちないが、彼女が手を貸されるのを嫌うことを町田は知っている。町田はなんとなく自分の気配を殺しながら、青年が腰かけているソファの端に座った。

青年は少女の姿になどまったく関心がない様子で、窓の外を見ていた。

「素敵でしょう？」

ソファに沈みながら、少女が言った。

青年は庭から目を離さなかった。雨上がりの森は、緑が鮮やかに輝いている。

「あなたのお姉さんは、すごく気に入ったみたいだった」

姉の名前を出されても、青年は特に驚いた様子はなかった。だがその瞬間、無表情だった顔に笑みが浮かんだ。思わず息を呑《の》んでしまうほど、爽《さわ》やかな、透明感のある笑顔だった。

「うん」氷が溶け、感情が溢《あふ》れ出した。「とてもきれい」

言ってから、青年はあっと言うように口を開いた。

そしてすぐに、表情を消した。

驚いた町田だったが、少女は感心したように頷いていている。

「今の、お姉さんにそっくりだった」町田も気付いた。声までもが同じだった。似ているというレベルではない。

「あなたのお姉さんもそう言ったの」少女は好奇心に駆られた目で青年を見つめている。

「まったくおなじよ。きれいって。おなじ口調で、おなじ笑顔だった」

「そう」青年はかすかに頬を動かした。笑顔を作ろうとしたのかもしれなかった。だがそれは、ぎこちない筋肉の引き攣《つ》れに終わった。「そうだろうね。僕には姉さんが言いそうなことはわかる。ずっと姉さんの真似をして生きてきたから。声もそっくりにできるよ。ほら」青年はふたたび笑顔になり、甘い声で言った。「こんなきれいな庭を眺めていられたら、いいね」

聞いていた少女も笑った。こちらはもちろん、彼女の個性で作られた、子供らしい純朴な笑顔だったけれど。

「すごい」

「すごくないよ」青年は尾崎春香の笑顔を格納した。「僕にはそうするしかなかった。僕は姉さんと違って、人の心がよくわからない。どんなときに笑うとか、相手の様子に合わせてこちらの声とか表情を変えるとか、そういうのがうまくできないんだ。だから姉さんの真似をしてる。姉さんは僕と違って、周りに合わせるのが上手だからね」

あることに気付き、町田は眉を寄せた。

青年は現在形で話した。姉の遺体を自分でスーツケースに詰めたにも拘らずだ。

少女を見る。青年への興味を隠そうともしない眼差《まなざ》しは、まっすぐに彼へと向けられていた。こっちを見てくれたらいいのにと思った。どこまで話すつもりなのか？　彼に話してもいいのか？　そう問いかけることができる。

だが少女は町田を見ず、お茶が運ばれて来た。

「はいどうぞ。熱いから気を付けてね」

女はテーブルに赤いお茶が注がれたカップを並べていき、少女の隣に座ると、最後のカップを自分のまえに置いた。

新たに一人が話の環《わ》に加わっても、青年は動揺するそぶりは見せなかった。女を一瞥《いちべつ》し、数秒間見つめてから、目を逸《そ》らした。その様子は、こんなときどう振る舞うのが正しいのか考えて、結局わからなかったように見えた。

「私たちのこと、恨んでる？」車内で町田が訊《き》いたのとおなじことを、少女も質問した。しかし彼女の問いかけは、町田のものとは性質が異なっているように聞こえた。町田は純粋な意味で尋ねたが、少女はその問いかけによって、彼の内心を探ろうとしているように見えた。

青年の答えを待つこともなく、少女は続けた。

「私たちがお姉さんの願いを叶《かな》えなければ、尾崎春香さんは今も生きていたかもしれない。私たちのせいでお姉さんは死んだのよ」

青年は身動きしなかった。考え込んでいる様子ではあるが、それは答えを選んでいるのではなく、どう反応すればいいのかを探っているようにしか見えなかった。

「姉さんが……あなたたちを恨んでいるとは、思えない」しばらくして、ぽつりと言った。「僕は他の人のことはわからないけど、姉さんのことだけはわかる。あのひとがあなたたちを恨んでいないのに、僕が恨むことはできない。感情を抑制してるんじゃないんだよ。ただそうできないだけなんだ」青年は手を動かして、何かを表そうとしている。それは幼い子供が、自分の気持ちをまわりの大人に伝えることができなくて困っている様子によく似ていた。「オリジナルがないのに、コピーはできないだろ？」

町田は静かに溜息《ためいき》をついた。

女は頷き、少女は何かを確信したように口元で笑った。

「お姉さんが言っていたとおりなのね。あなたは」

「姉さんが、僕のことを話してた？」町田はこぼしたばかりの空気を吸い込んだ。青年は気付かなかったのだろうか。そう言った瞬間、声に嬉しげな柔らかさが加わった。物まねの声色ではなく、たぶん彼本来の感情だったのだろう。

「ええ。あなたはいつもお姉さんの真似ばかりするって。笑い方も、話し方も、たぶん生き方もね」ただ聞けば嫌みに聞こえる言葉だが、言うほうにも受け止めるほうにも暗い兆しはなかった。「そうなったのは、あの事故のときからだと言ってた。高野とかいう殺し屋があなたたちに気付かなかったのは、お姉さんがあなたに、騒がないでと言ったからね」

「姉さんはそこまで君たちに話したんだね」青年の声にはまだ、嬉しげな色が残っていた。「そうだよ。高野の車が僕たちが乗った車に追突してさ。そのときはまだ、父さんも母さんも生きていた。そもそもあの夜、二人が僕たちを連れて車に乗ったのは、高野から逃げようとしていたのかもしれない。これも姉さんの考えだったけど。事故、いや、事件が起きたとき、姉さんは僕の口を塞《ふさ》いで囁《ささや》いた。叫ばないで、言うとおりにして。姉さんは高野に見つからないようにしながら、僕を連れて車から降りたよ。高野が傷ついた僕らの親を殺すのを、道路わきの茂みから見てた。その間ずっと姉さんが僕に言い続けていたんだ。騒がないで、言うとおりにして……」

「それ以来、あなたはお姉さんの言うとおりにしてきた」

少女の言葉を、青年は首を振って否定した。

「それはちょっと違う。僕はもともとこんなだった。感情がないわけじゃない。よくわからないだけだ。特に他人の心が理解できない。どんなときに喜ぶとか、そういうのがね。でもほら、まだ小さかったから、ほんの七歳くらいだと、まだ成長途中だから不安定なだけだと、親も思ってたんじゃないかな。ただ姉さんは気付いていた。両親が健在だった頃、僕の誕生日になると姉さんは、パーティの前に僕と二人きりで話をした。ケーキを見たら、わあすごいって言うのよ。プレゼントをもらったら笑って、箱を振って、すぐに開けようとするの。そうすると大人は、あとにしなさいと言って止める。そうしたらちょっとだけ、悔しそうにしてその言葉に従う。ほら、こんなふうに眉《まゆ》を下げるの」

青年は自分の眉尻を下げて、そのときに姉に言われたとおりの顔をして見せた。贈り物の開封を先延ばしにされた子供の、理想的な表情に見えた。

青年はすぐにもとの顔に戻った。

「もとからそうだったんだ。でも、確かに、あの夜からひどくなったな」お茶を一口飲み、話を続けた。「僕らの両親は世間的には平穏に暮らしてた。殺し屋だったのは知ってるよね？　でも、そっちの仕事の証拠は残していなかったから、あの事件のあと僕らは事故で親を亡くしたただの子供として施設で育ったんだけど、なにしろそれまでとは別世界だったよ。両親は自分たちがしていることを、僕らに隠さなかった。僕らにも、ちょっとした戦い方のコツというか、人体の弱点を教えてくれた。くれぐれも、ふつうの人に使っては駄目、と教えてね。僕にとっては世間と家庭は世界が違っていて、でもその違う世界を行き来することは、ごくふつうのことだった。姉さんにとってもそうだったと思うよ。でもあの夜を境に、片方の世界がなくなってしまったんだ」

「……人殺しはいけないこと。そういう世界だけで暮らすことになったのね」

「うんそう」青年は少女に微笑んだ。声も笑顔も、尾崎春香のものだった。「姉さんは本当にうまくやってたよ。父さんと母さんのこと、絶対に誰にも話さなかった。あの夜のことも。だから僕もそうしてた。ただ姉さんみたいに上手にふつうの人と話すことはできなかったから、そこは姉さんの真似をした。そうするとたいてい、うまくいくんだ。施設を出てからも、ずっと姉さんがすることをなぞってきた。アルバイトしたり、友達を作ったりもしたよ。姉さんがそうしたほうがいいと言うから、彼女がいたこともあるんだ。でも、あまりうまくいかなかった」青年は尾崎春香の笑顔を消した。「なんだか気持ちが悪いと言われた。僕といると、彼氏じゃなくて、女友達といるような気分になるんだってさ」

町田は目をしばたたいた。正面の中年の女を見ると、顎《あご》を引いて話に聞き入っている。少女のほうは魅入られたように青年を見つめていた。

……青年の話を聞いて居心地が悪くなっているのは、どうやら、男性である自分だけらしい。

「姉さんは最近、変だった」青年の声がふたたび凍りついていた。町田は鼓膜が冷やされる気がして、そっとソファに座り直した。「何かをずっと考えている感じなんだ。でも、何を考えているのかわからなかった。あんなの初めてだった。僕はいつも姉さんが考えてることだけはわかるつもりだったから、初めて訊いたよ。どうしたのって。姉さんは……」

青年は口を噤《つぐ》んだ。首を傾げている。

誰も、何も言わずに、彼が喋《しゃべ》るのを待った。

「……姉さんは、こう言ったんだ。『疲れちゃった』」

その場の三人はやはり何も言わなかったが、多少なりとも息を呑《の》んだ。いちばん大きく息を呑みこんだのは、町田の正面に座っている中年女だった。

「でも、それは、僕にはわからない感覚だった。疲れることはそりゃ、あるよ。だけどあのときの姉さんの顔は、初めて見るもので――真似できなかった」青年は少女を見、次いで、町田を見た。冷えた目と、平坦《へいたん》な顔が、彼の言うことが事実であることを証明していた。「君たちのサイトに願い事を書きこんだことも知らなかった。高野のことを、ずっと気にしていたなんてわからなかった。どうして僕に話してくれなかったのかな。そうしたら僕も一緒に考えたのに。姉さんが考えるように考えて、一緒に高野を殺しに行ったのに。姉さん一人じゃ、たぶんだめだよ。姉さんは僕より年上だから、父さんと母さんから学んだことも多かったけど、姉さんはふつうの人とおなじように他人の気持ちがわかる。相手が痛みを感じると、共感してしまうんだ。だからためらう。僕なら、そんなことないのに」

「ちょっと待った」町田が声をあげた。

全員の視線が町田に集中した。町田は、この場で、青年が殺した男の死体を見たのは、本人を除けば自分だけだということを思い出した。

「それは、君、初めての殺しだったということか？　あれが」

「さっきの？　うん、そうだよ」事もなげに言ってのける。

「いや、しかし……」

「ふつうは、躊躇《ちゅうちょ》するし、怖がるんだ。でも僕はそんなことない。相手が痛みを感じたからって、そんなのなんとも思わない。だから姉さんがそうして欲しいなら、僕が高野を殺しに行ったのに。……あれじゃまるで、死にに行ったみたいだ」

町田は青年を見た。彼が泣き出すかと思ったのだ。

だが青年は、動揺を一切表に出していなかった。

「なんで姉さんがそんなことをしたのか、いくら考えても僕にはわからない。疲れたからっていうのが、正しいんだと思うけど……何にどう疲れたのか、わからない。ただひとつ、どうしてもいやなのは、僕を置いて行ったこと。死にたいとも言ってくれてないから、僕は死ぬこともできない」

「生きていて欲しいのね」唐突に、中年女が口を開いた。金属質な声色だったが、真剣な響きを帯びていた。青年は女を見た。「あなたに生きていて欲しかったのよ。だから、死にに行くこと、あなたに言わなかったんじゃないかしら」女は青年に微笑みかけた。

「矛盾して聞こえるかもしれないけど、愛情ってそういうものだから」

「愛？」青年は繰り返した。瞬きをしているのは、記憶を探っているように見えた。

「だったら、おかしいな。姉さんはいちども僕を愛してるなんて言ったことなかったよ」

青年はお茶をすすった。

少女はまっすぐに青年を見つめている。彼のちょっとした変化も見逃したくないと思っているように見えた。

「私たちが誰なのか、あなたは訊《き》かないの？」

「姉さんは訊いたの？」

「ええ」

「じゃあ、僕も訊く」

「そのうえ、尾崎春香さんは、あなたにこのことを話してあげてと言っていた」

「それなら、聞きたいな」青年は深く頷《うなず》いた。

「私たち、人を探しているの。そのために、願い事サイトを作ったの」

「人？」青年は一瞬、考えた。「どんな？」

「私たちと一緒に、仕事をしてくれるひと。私たちの仕事を手伝ってくれるひとよ」

「それは」また、考えたのかもしれないが、こんどはより速かった。「どんな仕事？」

「復讐《ふくしゅう》代行業」少女はそれを、とっておきの内緒話をするように話した。「誰かの恨みを、その人に代わって晴らしてあげる仕事。ここにいるふたりと一緒にそれをするつもりなんだけど、まだ人材が足りてない。だから、そういうことができる人を探すために、あのサイトを作ったの。願い事には人の心が見える。この仕事にふさわしい人材を探すには、いいと思って」

「それは、姉さんのこと？」

「どちらかというと――」少女はゆっくりと息を吐いた。「あなたのほうがふさわしいんじゃないかな」

青年は答えなかった。そのとおりだ、と返事をする気配は、微塵《みじん》もなかった。

少女は続けた。

「この家ね、私の家なの。私の家のひとつ、といったほうがいいかしら。ほかにもあるのよ。全部、お父様がくれたの。私が優勝者になった記念に建ててくれた」

「お金持ちなんだね」優勝者という、いかにも引っかかりそうな言葉に、青年は反応しなかった。

「そう。お金持ちなの。でもね、こうなるまでは、大変だった。私のお父様は、たくさんのお金を持っている人間の例に漏れず、おかしなことをした人でね。たくさん子供を集めて、そのなかで自分のもっとも理想通りに育った子に、財産の一部——それだってけっこうな額よ。それをあげるっていうゲームをしたの。いわゆる跡継ぎとはまた別にね。事業を継ぐ人はすでにいるから、そうじゃない。単なる支配ゲーム。条件は、まず自分の血を継いでいること。そのうえで、お父様の好み、理想に添う子供」

町田はお茶を飲んだ。こみあげてきたものを、それで飲み下したかったのだ。

「たくさん、子供を作らせたわ。何人だったかな」

「十三人」町田が答えた。

「あ、それだけなんだ……。もっといるかと思ってた。その十三人は全員、母親が違う。母親が同じ兄弟は作らせなかった。実験したのよね。いろんなタイプの母親から、いろんな子供を産ませて、育てさせた。そんなことさせられたのも、まあお金の力よね。一般庶民から、苦労続きの娼婦《しょうふ》、高校生の女の子まで。そしてね、育てる環境も、さまざまにしたの。大きな家を与えて、お手伝いさんも雇ったかと思えば、ほったらかしにして養育費だけ渡してた子もいる。手元に置いて、教育した子もいた」町田は思わず身じろぎしてしまった。「そうやって、いろんな種類の子供を育てて、どんなふうに育つか楽しんでいたの。育成ゲームよ。いちばん頑張った子にはご褒美を……」

少女は咳《せ》き込んだ。

町田と中年女は慌てて立ち上がったが、少女は首を振ってしばらく咳《せき》を続け、やがて深呼吸をすると、背筋を伸ばした。

青年は何もしようとしなかった。

「優勝したのは、私だった。何が気に入ったのかは、今でもよくわからないの。まあ頭もいいし、けっこう可愛いしね」少女はそこで言葉を切った。そうだね、と常識ある人間なら答えてやるところだろうが、青年はただ黙っていた。姉の真似をするつもりはないようだ。

少女は自分の期待を恥じるように、ごく軽い咳ばらいをした。

「私は、母親とは一緒に暮らさせてもらえなかった。世話をしてくれる人と一緒に、あまり大きくない家に暮らしていて、ときどきお父様が訪ねてきた。学校には行かせてもらえなかった。勉強してはだめとは言われなかったから、お手伝いさんから読み書きを教わって、あとは本から学んだ。そうしているうちに、いつの間にか私ともう一人の女の子が育成ゲームの最終候補になっていた。お父様は、その子と私のどちらにするか、迷っていたらしいけど」少女は微笑んで、肩に流れる長い髪に触れた。「あるとき、もう一人の子が、髪を短くしたんだって。それはお父様の好みではなかった。勝手に髪を切った、そのことに、お父様はお怒りになったそうよ」

町田は自分の眉間《みけん》に皺《しわ》が寄るのを感じた。

今聞けば異様な話に聞こえる。だが昔の自分は、確かにそれを違和感なく受け入れていた。

「そして、私が優勝者になった。お父様はなんでもくれた。この庭も、私が欲しいといったら造ってくれた。本物の森みたいでしょう。でもまだ、自由はくれなかった。飼われているだけの存在だった。選ばれなかった十二……いえ、十一人がどうなったかは、知らない」

少女は口を閉じ、青年を見た。青年は黙っていた。

町田も彼を見たが、青年の目はただ単に聞いたことを受け容《い》れているばかりで、同情もしていなければ、奇異の目で少女を見ることもしなかった。

「ありがとう」少女はしみじみと言った。

「何で、お礼を言うの？」青年には本当にわからないらしい。

「あなたが何の反応もしないことが嬉《うれ》しいの」

「それはお礼を言われるようなことじゃないよ。僕が君に何かしてあげたんじゃないから」

「だったら、今の言葉はあとにとっておくわ。でね、説明を続けるけど、そのお父様が亡くなったの。私は自由になった。お金もある。学校にも行きたかった。でも、その矢先に、この病気が私を襲った」少女は自分の細い手足を視線で指した。「私の病気は今のところ、治す方法がない。徐々に弱って死んでいく。それを知ったとき、私、たまらなくなった。私はふつうの子供じゃない。生まれも育ちも、この社会の大部分の子供があたりまえに持っているものを、私は生まれたときから持てない運命だった。でもそれでも、自由とお金があれば取り返しはつく。してみたいと思っていたこと、感じたいと思っていたこと、何もかも。だけど、それをするための人生が、私にはなかったの」

少女の声が怒りを孕《はら》んだ。若いからこそ、幼いからこそ、恐ろしい響きを帯びたその声を、青年はただ静かに受け止めている。

「私は、大人になれないうちに死ぬ。私にとってお父様は、やさしい、いいお父様だった。そう思っていた。でもその裏で、たくさんの子供をおもちゃにしていた。その心の動きが、私にはわからない。もしかしたら大人になればわかるのかもしれないけど」少女は町田を見た。目が合ってしまい、町田は慌てたが、少女はにっこりしてすぐに目を逸《そ》らした。「だけどね、そういうことを知っても私は、お父様を恨まなかった。ふつうは、恨むものでしょう——恨むものよ。だけど私には、どうしてもできなかった。ほかの世界を知らないから。そのときにね、思ったの。人を恨むには、たくさんの経験が必要なんだって。とりわけ、愛情が」

青年は顔をあげた。何を思ったのかわからないが、まっすぐに彼女を見ている。

「誰かを憎んだり、恨んだりするには、愛情が必要なの。それも、たくさんの愛情が。ただひとつの浅いものじゃ、恨みや憎しみには変化しない。誰かをどうにかしてやりたい、痛い目に遭わせてやりたい、そういう気持ちっていうのは、その裏側にたくさんの愛や喜びや、願いがあるものなんじゃないかしら……守りたいものが、存在していたんじゃないかな」

何かに気付いたように、青年は瞬きをした。

「だから、さっき僕に、君たちを恨んでないかと訊いたんだね？」

「そうよ。ふつうは、恨むものだから。あなたの大事な人を失わせた存在を」

「それは僕にはわからない。僕は君が言う『たくさんの愛や喜び』がわからないし、それを持っている人の気持ちも理解できないよ」

「だからいいのよ」少女の声が豊かに膨らんだ。「それを持っているのは、依頼人。だけど、依頼人とおなじくらい、復讐される側にも愛情や喜びがある。守りたいものがある。彼らは必死に抵抗するでしょう。私は正義の味方になりたいんじゃないの。誰だって自分の正義には味方する。ただ、より多く、たくさんの、――『心』を見たいの。この人生が尽きるまえに。復讐したいと思う心の裏側には、たくさんの気持ちがくっついている。私、それを見たい。だから、復讐代行業者を始めるわ」

少女は町田と中年女を見た。

「このふたりは、私の気持ちに賛同してくれたひと。こっちの女のひとは、私をずっと世話してくれたお手伝いさん。この人、町田さんは」かすかに笑った。「私の、いちばんうえのお兄さんよ」

「最初の落伍者《らくごしゃ》だ」町田は急いで言い添えた。「父親の好みからは脱落したが、そのぶん事業を手伝うための訓練は受けた。簡単なハッキングもできる」その子よりはずいぶんマシな人生だと言い添えようとして、やめた。

「いちばん世間を知ってる。だから、彼を調整係《マッチャー》と呼ぶわ。あのサイトも、高野を捜したのも、彼。いろんな仕事をオールマイティーにできて、人と人とを繋《つな》ぐひと。調整する係《マッチャー》。町田さん。当て字ね」少女は喉《のど》で笑ったが、不快な音ではなかった。「私は奪う人《テイカー》になる。誰かの恨み、憎しみ、その裏側にある幸せな感情を、私のものにする」

少女が言うとままごとの役割分担のように平和に聞こえる。

町田はそっとお茶を飲んだ。中年女は黙って話を聞いている。

「この女のひとは、活動員になると思う。実際に復讐《ふくしゅう》をくだす役割。人数が少ないから、そういうのは皆で持ち回りになると思うけど、メインはあなた。あなたは他人の心がわからないんでしょう？　だったら、獲物に共感することもない。それって最高の素質だわ」少女は窺《うかが》うように青年を見た。「実はね、最初は、お姉さんのほうをスカウトしようとしたんだけど……でも、お姉さんは、あなたをって言ったの」

青年は黙っている。姉の望みであると言われても反応しない青年の姿に、町田は新たな不安を覚えた。

「何か気になることがあるなら、言ってくれていい」青年のほうに首を曲げながら、言った。「私がなぜ、ライバルだったこの子に手を貸すか知りたいか？　この子の気持ちがわかるからだ。君には理解できないかもしれないが、妹ではあるんだし、この子の夢に協力したいと——」

「愛情？」青年は独り言のように尋ねてきた。「それも愛情？　あなたの言い方は、自分でもはっきりこれだという理由がないように聞こえる」

中年女が声をあげて笑った。

「そうよ。それも愛情よ」

「あなたのも？」

青年が目を向けると、女は突然の風に驚いたように顔を強張《こわば》らせた。

「……ええ」

「気付いていないかもしれないけど、あなたのお姉さんに対する気持ちも愛情なのよ」

少女が言った。

「いや、たぶん違うと思う。愛はきれいなものでしょう。僕のは、違う」

「いいえ。愛っていうのは結局、いちばん強い感情のこと。きれいとか、汚《せ》いとかじゃない。それだけで理由になるものなの」少女は喉を震わせて笑った。また呟き込むのではないかと、町田は不安になったが、そうはならなかった。「私だって、よく知らないくせに、生意気ね」

　驚いたことに、青年は首を横に振った。

「僕よりは知ってる。それに、あなたは偉い」全員が息を呑《の》んで青年を見た。「自分の欲しいものを、自分で取りに行く。それは偉いことなんだと思う」

「……じゃあ」少女は慎重に声を絞り出した。「私たちの仲間になってくれる？」青年は答えない。少女は続けた。「なにかして欲しいことがあるなら、それをしてあげる。お金の力って、すごいの。ほとんどのことはできる。高野の遺体の始末は、お姉さんからの願いに入ってるから気にしなくていいわ。それ以外のことで、何かない？」

　そんなことを言えば、と町田は思わず庭のほうを見た。

　車のトランクにあるもののことを考えたのだ。尾崎春香を生き返らせてくれと言いだすんじゃないだろうか。

　だが青年は、町田が思いもしなかったことを言った。

「姉さんを、この庭に埋めてもいい？」

「……いいわ。他にはある？」

「僕の心をもらって欲しい」

町田と中年女は、同時に肩を揺らした。

少女は目を見開いた。「え？」

「君は心を集めたいんだろ？　そう言った。僕は今、とても痛い。両親が死んだときよりも苦しい。わけがわからないよ。こんなこと、今までいちどもなかった。変な気持ちなんだ。とても、嫌な感じだ」そうは言うが、青年の顔には苦悶《くもん》の皺《しわ》はひとつも浮かんでいなかった。「こんなとき、ふつうの人は泣いたり、暴れたりするんだ。それはわかってる。でも、僕がそんなことをしても、この気持ちは消えない。僕が苦しんでみせるときは、ただそういう仕草をしているだけで、心を外に出しているわけじゃないから。だから、僕の心をもらってほしい」

「それは……、そうしてもいいけど。でも、どうやるの」

「ただ言ってくれればいい。痛むのをやめろって」

「……痛まなくていいわ」

すると青年は、本当に痛みが消えたように深呼吸をした。そしてさらに言った。

「姉さんと一緒にいたいから、これからも擬態を続けたい」

「そのままお姉さんの真似をし続けて」

「それから、——僕がどうすればいいのか、教えて欲しい」

「私たちの力になって」少女は身を乗り出した。「たくさんの心を集めて、それを私に見せて。必要なら、もっと人も集める。あなたがやりやすいようにするわ」

「そういうのは、僕じゃなくて君や他の人が決めてよ」

「でも、仲間になってくれるのね？」

少女はいっそう前のめりになった。

その拍子に、少女の体が傾《かし》いだ。あっと思って町田と中年女が手を伸ばしたが、それより早く、青年が彼女の肩を支えた。

「……ありがとう」少女は深い感情をこめて言った。青年は、すんなりと笑みを返した。柔らかい笑みだったが、それは間違いなく、彼の表情ではなかった。「あのね、あなたの名前も考えてあるの。奪う人《ティカー》の対になる存在だから……」

少女はテーブルのうえに指で文字を書いた。

町田は、その動きを目で追いかけた。

G、I、V、E、R。

ギバー——復讐の贈与者。

解説——最初の一篇を読めば判るとんでもない一冊

村上貴史

■義波《ぎば》

人には心がある。
日野草《ひのそう》の小説は、それをもてあそぶ——自在に。

二ページ弱のプロローグ「シークエル」の後に六つの短篇が続く本書『GIVER 復讐《ふくしゅう》の贈与者』。まずは、その各篇がとてつもなくスリリングである。
先頭に置かれた「ショット」は、高藤《たかとう》という男を視点人物として描かれた一篇である。彼が中古DVD店で、ある作品を入手しようとする話だ。そうしたシンプルな話なのだが、緊張感が尋常ではない。高藤が店の前でバタフライ・ナイフを手にするシーンから始まり、店員の青年との会話のなかで己が求める作品——非合法の——を伝えていく場面や、あるいはそれを入手するための交渉など、一挙手一投足に、あるいは一言ひとことに、サスペンスが宿っているのである。言葉の選び方やリズムが絶妙であるだけでなく、展開もまた鮮やか。読者の予想とはまるで異なる場面に、実になめらかに推移していく。驚愕《きょうがく》しながらも次々とページをめくってしまうのだ。そして短篇の終盤で高藤の真意を読者は知る。その醜さに驚き、彼の身勝手さに嫌悪感を覚え、そしてピリオドに重い衝撃を感じる。この一篇を読み終えた段階で、読者の方々は自分がとんでもない一冊に手を出してしまったことを実感するだろう。

続く「ピース・メーカー」もまた強烈だ。再就職を目指す四十五歳の青山和典《あおやまかずのり》が面接の場として指定されたホテルを訪れると、予想外の展開が待ち受けているという小説なのだが、その予想を裏切る様が半端ではない。部屋に通されて驚き、部屋にいた二名の自己紹介を聞いて驚き、そしてさらに……という具合なのだ。後半に至っても、様々なバリエーションで驚愕は続く（読者は青山の行動そのものに驚かされることさえある）。そしてそのめまぐるしい展開の果てに、なんとも皮肉で苦い予想外の結末に至るのだ。

こうなればもはや読者は日野草の虜《とりこ》である。

なにやら犯罪の残滓《ざんし》を引きずったように深夜の道を歩く若いカップルが一台の車に拾ってもらう「コールド・ケース」や、大事なライブを前に拉致《らち》されてしまった女性アーティストを描く「トマス」、家族を見舞いに来ているという中学生の俊哉《しゅんや》の過去と現在を記した「ロスト・ボーイ」と、とにかくもう夢中になって読み進むに違いない。持続する緊張感に痺《しび》れつつ、連続する逆転劇に酔い、登場人物たちの嘘に共感し、その嘘を軽蔑《けいべつ》し、それこそ寝食を忘れて物語に浸ってしまうに違いない。

物語に浸りつつも――読者は気付くはずだ。本書の構造に作者が込めた意図に。

プロローグには、00という番号が振られている。そして、先頭の短篇「ショット」に06という番号が割り当てられ、その後、05、04とカウントダウンが続く。また、いずれの短篇においても義波と名乗る青年が登場し、重要な役割を果たすことにも早い段階で気付くであろう。そうした一連の番号や短篇の配置順、さらには登場人物の関係を通じて本書の全体構造を察した読者は、日野草の構想力に感嘆するであろう。単なる思いつきではなく、それをしっかりと血肉の伴った物語として築き上げたことに、だ。

そして全体構造を察すればなおのこと、その結末が気になるはず。そう、ラストに配置され、01という番号を与えられた短篇「ギバー」だ。

殺し屋の高野利夫《たかのとしお》に指輪を返してくれと要求する尾崎春香《おざきはるか》。その時点で、高野利夫の部屋で死体となっている尾崎春香。十七年前に尾崎春香の家族を殺した高野利夫が奇妙な状況に追い込まれた場面で始まる短篇である。ここに至って読者は、義波が義波たる所以《ゆえん》を深く知ることになり、同時に、醜悪な感情が様々な形で提示されてきた本書において、ある種いびつではあるが、澄み切った心に接することになる。そして魂を揺さぶられるのだ。激しく。

本を閉じて思うだろう。とんでもない小説を読んでしまったと。そしてさらに思うだろう。こうした小説と出会えて幸せであったと。

■日野

日野草という一風変わったペンネームのこの作家は、二〇一一年に『ワナビー』でデビューした。日々草という名を用いて応募した『枯神のイリンクス』で第二回野性時代フロンティア文学賞を受賞し、改稿を加え、題名を変え、ペンネームを若干変えてのデビューであった。ネット上の動画配信サイトで繰り広げられる公募型のバトル──勝ち抜けば望む賞品がもらえる──で人気を集めた〝枯神〟。その〝枯神〟が闘い、苦悩する姿をブログというスタイルを活用して描いたデビュー作は、本作同様、緊張感に満ち、意外性にも満ちた一作であった。選考委員たちの高い評価を集めたのも納得である。

その後日野草は、それまであまりやってこなかったというプロットを書く修練を積み、短篇を書く練習を重ね、作家としての筋力を鍛えた。そうしてビルドアップした身体から放ったのが、この『GIVER』だったというわけだ。雑誌『小説　野性時代』の二〇一三年十月号に発表した短篇「ショット」と翌年八月号に発表した「ピース・メーカー」に、他の四篇とプロローグを加筆して完成した一冊であった。

翌二〇一五年には、雑誌に発表した三篇に書き下ろし二篇を加えた続篇、『BABEL』を発表。こちらでは、『GIVER』とは異なる形で構成に緻密《ちみつ》な計算を施しつつ、『GIVER』同様の破壊力を備えた短篇を並べた。本書を通じて日野草が作り出す義波の世界にはすでに親しんでいる読者であっても、この続篇で、やはり新鮮な驚きと衝撃を堪能《たんのう》することになるであろう。それほどの出来映えなのだ。ちなみに『BABEL』に収録された「グラスタンク」は、日本推理作家協会賞短編部門の候補ともなった。

二〇一六年にはさらに活動を加速。七月時点で早くも『恋愛採集士』と『ウェディング・マン』を発表した。五月に発表した前者は、諦《あきら》めきれない恋や忘れられない愛の後始末を手助けする、いわば恋愛専門の便利屋のユキを中心に据えた連作短篇集である。容姿端麗なユキが、人が抱く恋愛感情を様々な手段で揺さぶり、そして心の底にあるものを明らかにする。その手段に、暴かれた真実に、読者は震えるのだ。そして同時に、五つの短篇が連なって一つの恋愛の物語が浮かび上がる構造も堪能できる。本書を気に入った方に、是非読んで戴《いただ》きたい一冊だ。後者は七月に刊行されたばかりの新作。夫婦、あるいは家族という絆《きずな》を、殺し殺されという関係を通じて描いた長篇である。序盤の展開の意外性は十分に日野草らしく、終盤のアクションは新鮮な迫力を感じさせる。騙《だま》すことの意味を深く考えさせる一冊でもあり、日野草の力量をしっかり体感できる。

日野草は、こうした作品を放つ一方、二〇一五年には『小説　野性時代』十月号に、『GIVER』のシリーズに連なる短篇「象の鎖」も発表した。この短篇ではまた新たな〝意外性〟を味わうことができる。独立した短篇として愉《たの》しめるだけでなく、シリーズ第三作を予感させるという意味でも嬉《うれ》しい。

まさに大ブレイク直前にある日野草——今、最も読むべき作家である。

本書は二〇一四年八月に小社より単行本として刊行された作品を、
加筆・修正し、文庫化したものです。

GIVER《ギバー》

復讐《ふくしゅう》の贈与者《ぞうよしゃ》

日《ひ》野《の》 草《そう》

平成28年 8月25日　初版発行
平成28年 12月10日　再版発行

発行者●郡司 聡

発行●株式会社KADOKAWA
〒102-8177　東京都千代田区富士見2-13-3
電話 0570-002-301（カスタマーサポート・ナビダイヤル）
受付時間 9:00～17:00（土日 祝日 年末年始を除く）
http://www.kadokawa.co.jp/

角川文庫 19917

印刷所●株式会社暁印刷　製本所●本間製本株式会社

表紙画●和田三造

ISBN978-4-04-104631-9　C0193

角川文庫発刊に際して

角川源義

第二次世界大戦の敗北は、軍事力の敗北であった以上に、私たちの若い文化力の敗退であった。私たちの文化が戦争に対して如何に無力であり、単なるあだ花に過ぎなかったかを、私たちは身を以て体験し痛感した。西洋近代文化の摂取にとって、明治以後八十年の歳月は決して短かすぎたとは言えない。にもかかわらず、近代文化の伝統を確立し、自由な批判と柔軟な良識に富む文化層として自らを形成することに私たちは失敗して来た。そしてこれは、各層への文化の普及滲透を任務とする出版人の責任でもあった。

一九四五年以来、私たちは再び振出しに戻り、第一歩から踏み出すことを余儀なくされた。これは大きな不幸ではあるが、反面、これまでの混沌・未熟・歪曲の中にあった我が国の文化に秩序と確たる基礎を齎らすためには絶好の機会でもある。角川書店は、このような祖国の文化的危機にあたり、微力をも顧みず再建の礎石たるべき抱負と決意とをもって出発したが、ここに創立以来の念願を果すべく角川文庫を発刊する。これまで刊行されたあらゆる全集叢書文庫類の長所と短所とを検討し、古今東西の不朽の典籍を、良心的編集のもとに、廉価に、そして書架にふさわしい美本として、多くのひとびとに提供しようとする。しかし私たちは徒らに百科全書的な知識のジレッタントを作ることを目的とせず、あくまで祖国の文化に秩序と再建への道を示し、この文庫を角川書店の栄ある事業として、今後永久に継続発展せしめ、学芸と教養との殿堂として大成せんことを期したい。多くの読書子の愛情ある忠言と支持とによって、この希望と抱負とを完遂せしめられんことを願う。

一九四九年五月三日